わざと薄着な義母さん

青橋由高

フランス書院文庫

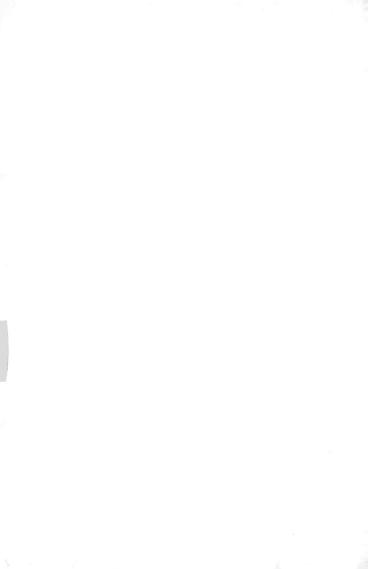

わざと薄着な義母さん

●もくじ

第四章　淫らに迫ってくる未亡人と女子大生の美母娘（どちらかを選ぶなんてできるわけないのに）

わざと薄着な義姉さん

第一章　今日はなぜか隙が多いIカップの義母（恥ずかしいのを我慢して薄着してるのに）

「きゃあっ！　優《ゆう》ちゃん！　優ちゃん、来てぇ！」

寒さも和らぎ、日に日に春の気配が強まる三月中旬、向江《むかえ》家三人の暮らすマンションに悲鳴が響いた。

「義母さん!?」

優吾《ゆうご》は慌てて部屋を飛び出し、声のしたリビングへと向かう。

「ああ、優ちゃんっ、助けて！」

そこには、床に敷かれたマットの上で身悶える義母・葉月《はづき》の姿があった。最近始めたヨガの最中だったのだろう、身体のラインがはっきりとわかるウェアを纏っている。

「義母さん、具合が悪いの⁉　病院……いや、救急車呼ぶ⁉」

「ち、違うの、足が……足が攣って……お願い、つま先、ぐぐってやって！」

「……うん。こう？」

重篤な問題でなくてほっとした優吾は、葉月のつま先を伸ばしていく。

「いたたたたっ！　痛い痛い、優ちゃん、もっと優しく！」

「こういうときは一気にやったほうがいいんだよ。……どう？」

「うー……」

葉月は答えず、涙ぐんだ目で恨めしげに優吾を睨んでくる。その表情はとても四十一歳とは思えないほどに愛らしく、一瞬、優吾はどきりとする。

「イヤだったら、自分で伸ばせばよかったでしょ？」

「無理よ。自分だと怖くてできないもの」

「もう、そんな子供みたいなこと言って」

どうやら足はもう大丈夫らしいとわかり、優吾は苦笑しながら義母から離れる。

が、葉月はそんな優吾のシャツを引っ張ってくる。

「ダメ。ちゃんとマッサージして。また攣ったら、困るのは優ちゃんよ？　そうしたらママ、何度でもあなたを呼ぶもの」

「義姉さん呼べばいいのに。……あれ？　義姉さんは？」

「凛《りん》は大学行ったわよ、少し前に。……二人きりじゃなければ、こんな格好できないもの」

「え？　今、なんて？」

セリフの後半が小声で聞き取れなかった優吾が尋ねるが、

「ううん、なんでもないわ。さ、しっかりママの身体、ほぐしてちょうだい」

葉月は答えず、ヨガマットの上にごろんと俯せになった。

（うっ。義母さんのおっぱいが潰れて、横にむにゅって広がってる……！）

葉月は十九歳の娘がいるとは思えないほど若々しく、かつ、肉感的な肢体の持ち主だ。向江家の洗濯担当である優吾は、葉月がＩカップだと知っている。

「僕みたいな素人にやらせるより、専門のお店に行ったほうがよくない？」

「イヤ。面倒だもの」

「じゃあ、義姉さんに頼んだら？」

「あの子、めんどくさがってやってくれないわ」

「さすが母娘、そっくりだね」

葉月と凛は実の母娘だが、優吾は二人とは血の繋がりはない。優吾の実父である哲也《てつや》と葉月が再婚したことで、二人と家族になったからだ。その哲也は十年前に病死し、現在は母子三人で暮らしている。

「悪いところ以外にも、色々似ちゃうのよねえ。……んんっ」

まずは攣った側の足の裏を揉み始めると、義母が悩ましげな声を発した。

「あっ、痛かった？」

「ううん、大丈夫。気持ちよくって、つい。……んっ、んふン」

（僕が義母さんを気持ちよくさせてるのか……って、なに考えてんだ僕はっ）

邪な気持ちを追い払うように頭を振った優吾は、改めて指先に意識を集中する。

「あっ、あっ、くうぅ……イイ……優ちゃんのマッサージ、ホントに気持ちイイわぁ……ンンッ」

しかし、指を動かすたびに聞こえてくる義母の悩ましい声に、優吾の集中力は容易に削られていく。

（義母さんのこの格好、目の遣り場に困るよ……）

葉月がヨガを始めたのはつい先日、優吾の卒業式の翌日だった。葉月は普段は運動とは無縁だから、優吾だけでなく姉の凛も驚いた。

（まあ、運動自体はいいことだと思うけども）

問題は、葉月のヨガウェアだ。肩や胸元、背中の露出が多いトップスに加え、下半身のラインがよくわかるレギンスの組み合わせは、葉月の女体の魅力をより際立たせた。際立たせすぎていた。

「義母さん、このウェア、動きにくくない？」

ふくらはぎを揉みながら、遠回しに服を替えて欲しいと訴える。

「ううん、平気よ。見た目は下半身全体をぴっちり包んでるから苦しそうに見えるかもだけど、伸縮性の高い生地のおかげで、凄く動きやすいの」

「でも、ほら、もっとゆったりしたデザインのもあるじゃない」

膝から太腿にかけてじっくりとほぐしつつ、優吾も粘る。

「イヤ。これがいいの。……ほらほら優ちゃん、口だけじゃなくてお手々も動かして。もっと内側もほぐしてちょうだい……んっ……んふっ」

請われるまま、内側まで指を這わせる。レギンス越しに感じる義母の柔らかさと温かさに、十八歳の股間は硬く、熱くなっていく。

（うう、義母さんの太腿、凄い……むっちりしてて、ずっと揉んでいたくなる）

もっと触れていたいという欲望を振り払い、手を腰へと進める。

「お尻周りもしっかりほぐしてね。座り仕事してると、凝っちゃうのよ」

懸命に理性を振り絞っている息子の苦労をよそに、葉月は豊かなヒップを左右に揺らして際どい場所へのマッサージを要求してくる。レギンス越しに、インナーがうっすらと透けて見えるのが優吾をより追い詰める。

「ン……遠慮しないで、もっとごりごりってやってちょうだい。お尻の凝りは、奥のほうにあるスジが原因らしいから。……あっ、そう、そう、そんな感じ……んっ、んっ、イイ……そこ、気持ちイイ……！」

手のひら全体を使って尻肉を揉むと同時に、力を入れた親指で凝っているポイントをぐりぐりとほぐしていく。

（これはマッサージこれはマッサージこれはマッサージ……！）

自分に言い聞かせながら、臀部に続き、腰、背中、肩、腕、首へのマッサージを終わらせた頃には、優吾は全身汗だくになっていた。

「これじゃあ、わたしと優ちゃん、どっちがヨガをやってたかわからないわね。シャワー、浴びてきたら？」

「うん、そうだね」

興奮で膨らんだ股間をへっぴり腰で隠しつつ、優吾は浴室へと向かう。

「久しぶりに一緒に入っちゃおっか？」

「!?」

「うふふ、冗談よ。こんなおばさんと一緒じゃイヤだものね」

背後から聞こえてきた初恋相手の声に、優吾は若干の苛立ちを覚える。

(義母さんはもっと自分の魅力を自覚して！　血の繋がらない息子を警戒して！　このままじゃ僕、いつか暴走しちゃうかもしれないんだよ!?)

浴室に飛び込んだ優吾は、滾った若竿を自らの手で鎮めなくてはならなかった。


先日高校を卒業した優吾が、約十八年の人生で好きになった異性は二人。一人は義母である葉月、そしてもう一つが義姉である凛だ。当然、告白も交際もできるわけがなく、結果、優吾はこれまで恋人がいなかった。

(大学で、誰か好きな人ができたりするのかなぁ。でも、無理な気がするなぁ。だって、義母さんや義姉さんより素敵な女性がいるとは思えないし)

中学生の頃にはもう母と姉への恋心に気づいていた優吾は、高校入学時にも似たようなことを考えた。高校生になればきっと、新たに好きな人が見つかると。叶うわけのない想いに悶々とする日々から解放されるのだと。

しかし、その願いは届かなかった。

（結局、義母さんと義姉さんの魅力を再確認しただけの三年間だったなぁ）

葉月は美術大学在学中に手がけたキャラクターが現在まで続く大ヒットとなり、一躍人気デザイナーとなった。自らのデザイン事務所の社長でもある。

（義母さんだけじゃなく、義姉さんも凄い人なんだよね。凄すぎて、劣等感すら持てないくらい）

天才肌、芸術家肌、もしくは天然気質の母とは異なり、凛は理知的で万能型の秀才だった。運動も人並み以上だったが、特に学業に才覚を示し、現在は日本トップクラスの国立大学に通っている。

（才能あって優しくて綺麗な母と姉とずっと一緒に暮らしてたら、そりゃ、目も肥えちゃうし。僕、この先、普通の恋愛なんてできるのかな？）

そんな、ぼんやりとした将来への不安を抱きつつ、優吾は慣れた手つきで夕食の支度を進めていた。才能溢れる母と姉の貴重な時間を邪魔しては申し訳ないと、優吾が小学生のときから、家事を自主的に担当しているのだ。

「今日も美味しそうね。ふふ、ママ、優ちゃんの作るご飯が一番好きよ」

「ありがと。……義姉さん、あっちでもちゃんと食べてるかな？」

普段は親子三人で食べることが多いダイニングキッチンだが、今は優吾と葉月の二人しかいない。凛が、大学の春休みを利用して海外に行っているためだ。ただの旅行ではなく、母の代理人として、会社の商談も兼ねている。

「凛は偉いわねえ。さっさと跡を継いで社長になってくれないかしら」

創作活動に専念したい葉月に対し、

「義姉さんもそのつもりみたいだけどね」

凛も早い段階から母の会社を継ぐと公言していた。資質と意欲に加え周囲の期待と同意もある、まさに理想的な後継者だ。

「ちなみに優ちゃんは、進路、どうするの？」

「大学進学決まったばかりで、そこまで考える余裕ないよ」

苦笑しつつそう答えたが、半分は嘘だ。父が設立した会社に入り、母と、母の跡を継いだ姉の手伝いができれば理想だが、凡人である自分は逆に足手まといになるのでは、という懸念も持っている。

（大学でも真面目に勉強して、なんとかちゃんとした会社に入れたらいいなぁ。できれば、この家から通える職場で）

四年後の己を想像していると、じっとこちらを見つめる葉月の視線に気づいた。

「え、どうしたの義母さん。なにかついてた？」

「ううん、可愛い息子の将来がどうなってるかなってあれこれ妄想してただけ。ふふ、親としては幸せな時間よね」

「う……」

その親や姉と同居できる時間を少しでも引き延ばしたいなどと考えていた己の身勝手さに、優吾は頬と耳を赤くする。

（あっ。もしかして義母さん、僕と義姉さんが無事に社会人になるまでは再婚しないつもりなのかも）

父が亡くなる直前、葉月に「俺の死後二年間だけは再婚しないで欲しい」と頼んだことは、優吾も知っていた。それが妻を気遣った、父の優しさであることも。

（二年どころかもう十年も経った。さらに綺麗に、魅力的になった義母さんを好きな男は、僕以外にもたくさんいるはず。そして、僕と姉さんを育て終えた義母さんが、自分の幸せを求めたって全然おかしくない）

今のところ葉月に男の影は感じないが、不安で箸が止まる。

「優ちゃん？　具合でも悪いの？」

「ううん、なんでもな……あっ！」

突然、葉月の整った顔が文字どおりの目と鼻の先に現れた。

「少し熱っぽいかしら？」

額を合わせてきた未亡人は、息子の目をじっと見つめてくる。少し垂れた瞳、長いまつげ、そしてぷっくりとした唇、そのどれもが蠱惑的で、優吾は呼吸も忘れて葉月の美しさに見惚れた。

（ち、近いよ、近すぎるよ義母さんっ。まずい、どこ見ていいかわかんない……ああっ！　か、義母さんのおっぱいが！）

遣り場に困った視線を下に落とした瞬間、今度は胸の谷間が目に飛び込んできた。襟ぐりの深いVネックカットソーから覗く、白くて深い義母の渓谷に、瞬きもできなくなってしまう。

（義母さん、またこんなだぼだぼの服を着て！　ああっ、ブラまで見えちゃってるのにぃ！）

最近の葉月はなぜか、サイズの合わない服を着ることが増えた。外出時は以前と変わらないのに、家にいるときだけ、だぼだぼであったり、あるいはやたらとキツそうな格好をするのだ。先日のヨガウェアもまさにそれである。

「季節の変わり目だし、風邪気味なのかも。今夜は早めに寝なさいね？」

息子の体温を上げたのが自分だとは気づかず、葉月が心配そうに告げる。

「う、うん、わかったよ」

葉月の顔がすっと離れると、優吾はほっとすると同時に、残念にも感じる。

(義母さんとのスキンシップは嬉しい。でもそれって、僕が息子としてしか見られてない証拠だ。わかってはいるけど、やっぱり……つらいなぁ)

自分が許されない、そして叶わない恋をしている事実を改めて突きつけられた優吾は、そっと、けれど深くため息を吐くのだった。


(神様って残酷すぎない？　人間を一番絶望させるのは僅かな希望だってなにかで読んだ記憶あるけど、今ならわかる気がする……)

義姉が海外に行き、義母と二人きりの生活を始めて今日で四日が過ぎた。修学旅行などでこうしたケースは何度かあったものの、今回は過去とは明らかに異なる点があった。葉月の行動である。

「優ちゃん、ストレッチしたいんだけど、補助、頼める？　デスクワーク続きで、身体がばっきばきなのよ」

葉月は社長ではあるが、実務は哲也の代からの信頼できるスタッフにほぼ丸投げ状態だ。そのため葉月は、自宅内の作業部屋で仕事をすることが多い。

「そんなに忙しいの？　ちゃんと休まないとダメだよ？」

「うん、わかってる。……んっ、優ちゃん、それちょっと強いっ」

「義母さん、相変わらず身体硬いよね」

リビングに呼び出された優吾は葉月に言われるまま、ストレッチを手伝う。

（義母さん、またこんな薄着で。そりゃストレッチするんだから、厚着してると邪魔だろうけどさぁ）

葉月は先日のヨガウェアよりさらに肌の露出が増えた、カップ付きキャミソールとハーフパンツという格好だった。真夏にこういった格好をするときはたまにあったが、この時期に見ると、どきりとさせられる。

（うう、刺激が強すぎる）

夏場に葉月が着ているキャミソールは、あくまでも上着だ。だが今、優吾の目の前にあるそれは、下着のように感じられる。肌に近いベージュ色や薄い生地に加え、身体にぴったりフィットしたサイズの影響だ。

「あ、ちょっと痛い痛い、もっと優しくして！　ダメ、優ちゃんの意地悪ッ」

「ええっ？　そんなに強く押してないよ？　じゃあ、これは？」

「あっ、うん……ああ、このくらいが好き……気持ちイイ……んん……！」

肌も露わな服装に加え、美熟女の艶めかしい声もが優吾の理性を揺さぶる。

(義母さん、父さんとのときもこんな声を出してたのかな……って、なに考えてんだ、僕は！)

息子として最低な想像をしてしまったことに激しく自己嫌悪に陥っていると、葉月が新たなストレッチを提案してきた。

「股関節にいいみたいなの。この動画のとおりにやってみてくれる？」

「……！」

手渡されたタブレットを見た優吾は、息を呑む。そこで紹介されていた二人一組のストレッチが、どこか性行為を連想させる動きだったせいだ。

(こ、これ、なんかエッチじゃない？　いや、でも義母さんに他意はないんだし、下手に意識するほうがまずいよね)

努めて平静さを装いつつ、動画のとおりにストレッチを開始する。

「んっ、これ凄い……ああ、伸びてるのがわかるかもぉ」

まずは仰向けになった義母の両脚を持ち、体重をかけて様々な方向に折り曲げたり伸ばしていく。純粋なストレッチ行為だと頭ではわかっているのだが、正常位や屈曲位を連想させるものもあり、優吾の呼吸が知らず、乱れていく。

「ふっ……あっ、あっ、それダメ……ンンン、優ちゃん、そんなに強くしたらやだ……あぁっ、ママのお股、おかしくなっちゃうわよぉ」

そんな優吾の懊悩を知ってか知らずか、葉月は義理の息子をさらに勘違いさせるような言葉を口にする。ストレッチで血流が良くなったのだろう、うっすら汗ばみ、赤くなった肌が葉月の美しさと艶めかしさを高めていた。

(落ち着け、これはストレッチなんだ……妙なことを考えるな僕……!)

小一時間ほど続いたストレッチは、優吾にとって天国であり、地獄でもあった。

姉の凛が帰ってくる前日、すなわち葉月との二人きりの生活の最終日の夜も、優吾は美母のストレッチを手伝っていた。今回で三度目になるが、優吾はいっこうに慣れない。むしろ、困惑と欲情は強まってすらいた。

「ありがと、だいぶ楽になったわ。血行が良くなったおかげか、汗だくよ」

ふう、と息を吐きながら、葉月が額の汗を拭う。その際にちらりと見えた白い腋窩に、優吾の心拍数が上がる。

(汗をかいた義母さん、色っぽい。濡れて肌に張りついたキャミソール、エロすぎる……っ)

気になったのは、回を追うごとにキャミソールの丈がどんどん短くなっていった点だ。最初は見えなかったへそが二回目はちらりと覗き、三回目の今日はついに完全に丸出しだった。

(ぱつぱつのレギンスも目の毒だよ)

一方のボトムは、再びレギンスに替わっていた。初日のハーフパンツに比べると露出面積は半減したものの、ぴったりとフィットしているせいで、脚のみならず、ヒップ、さらにはインナーのラインまで丸わかりだ。

「優ちゃんも汗びっしょりね。先にシャワーを浴びてきたら？　さっぱりしたあとで、一緒に冷たいものでも飲みましょう」

「う、うん。ごめんね」

普段の優吾ならば自分以上に汗だくの葉月を優先したところだが、今回ばかりはそうもいかなかった。愛しい義母の姿に痛いほど勃起したイチモツを、一刻も早く鎮める必要があったためだ。

(よ、よし、さっさと出して……あ！)

へっぴり腰のまま浴室に来た優吾は、ここで欲望を処理した場合、このあとすぐにシャワーを浴びる葉月に精液の残り香を嗅がれてしまう可能性に気づいた。

（義母さんに欲情してたなんて知られたら、この家にはいられなくなる……！）

義母や義姉と一緒に暮らせる幸せな時間を喪うリスクは、冒せなかった。だから優吾は手淫を諦め、冷水で局部を冷やし始めた。完全に猛りを鎮められはしなかったが、若い肉筒の体積をいくらか減らすことはできた。

（あとは、時間が経てばもうちょっと柔らかくなるはず）

入れ替わりに義母が浴室に向かうと、優吾は飲み物の支度を始める。

「義母さんはアイスココア、僕は烏龍茶っと」

パウダーを軽く煎り、塩を少しだけ加えたこのココアが、葉月のお気に入りだった。寒い季節はホットにして、さらにマシュマロを足すときもある。

「義母さん、お待たせ。……えっ」

二人分のグラスを持ってリビングに戻ると、シャワーを浴び終えた葉月がソファに腰かけていた。その義母の服装を見て、優吾は目を丸くする。

（な、なんて格好してるのっ）

葉月が着ているのは、かなり大きめサイズのタンクトップだった。袖ぐりの隙間が広く、腋周辺が簡単に覗けてしまう。しかも、

（まさか、ノーブラ……!?）

どうやらブラを着けてないらしく、乳房の一部もちらちらと見えていた。いけないと思いつつもバストトップに目を遣ると、うっすらとぽっちらしきものを浮き上がっている。

（いやいや、いくらなんでも無防備すぎるってば！）

ボトムは、むっちりとした太腿が完全に露出したショートパンツだった。

「ありがとね、優ちゃん。さ、一緒に飲みましょう。喉、からからだもの」

葉月はソファの端に移動し、目の遣り場に困っている息子を隣に呼ぶ。

「……うん」

できるだけ美母を見ないようにして腰を下ろす。すぐ隣から漂ってくるココアよりも甘い匂いに、ようやく縮み始めていた若茎に再び血が集まり出す。

「じゃあ、いただきます」

前屈みになった義理の息子をよそに、葉月はアイスココアを飲み始める。ストローを咥える姿からフェラチオを連想してしまい、優吾はさらに前傾する。

「ああ、美味しい。優ちゃんの作るココア、ママ、大好き」

グラスを半分ほど空にした葉月が、れろりと唇を舐める。濡れた唇と赤い舌の艶めかしさに、優吾の心拍数は上がる一方だった。

「優ちゃんのおかげで肩凝りもだいぶ楽になったわね。……んーっ……！」

葉月は両腕をぐっと持ち上げ、身体を伸ばす。その拍子に、大きく開いた袖口から真っ白な腋と横乳が大胆に覗く。Ｉカップの豊乳がタンクトップの下で重たげに揺れる様もはっきりとわかった。

（か、義母さんのおっぱい……！）

息子を信じているのだろう、葉月はこうして無防備な姿を晒すことがたびたびあった。だが、ここ最近のガードの緩さは際立っている。若い肉欲を持て余している童貞には、あまりにも刺激的な光景だった。

（くっ、せっかく少し落ち着いたところだったのにっ）

ようやく鎮まりかけていたペニスは、一瞬にして復活を遂げてしまう。

「優ちゃんは、大学でしたいこととか、ないの？　サークルに入るとか」

「そ、そうだね、バイトはしようと思ってるよ。サークルは……僕、特に趣味も特技もないし、今のところはその気はないかな」

多少なりとも気が紛れるかもと、葉月が振ってきた話題に乗る。

「でも、せっかくの大学生活よ？　楽しまないと損じゃない？」

「義母さんはどうだったの？」

「わたし？　ひたすら課題やってた記憶しかないわねえ」

「ああ、芸大だもんね。色々と忙しそう」

「大変は大変だったけれど、それなりにエンジョイしてる子もいっぱいいたわよ。たとえば……恋人をつくったり、とか」

ここで葉月はぐっと身体を寄せ、優吾の顔を覗き込んできた。

「優ちゃんは……彼女、欲しくないの？」

普段は笑みを絶やさない義母が、妙に真剣な面持ちで優吾に尋ねる。

「ほ、欲しいよ、そりゃ」

「じゃあ、好きな子はいるの？」

「……うん、いるよ。ずっと前から」

目の前にいる義母と、今はまだ異国の空の下にいる義姉を脳裏に浮かべつつ、正直に答える。

「……ふうん」

てっきり、「どんな子？」などと嬉々として問い詰められるとばかり思っていた優吾は、葉月の予想外の、しかも機嫌を損ねたような反応に驚く。

（あれ？　なんで義母さん、口を尖らせてるの？　むっとしてるの？　あれかな、子供だと思ってた息子が親離れしてるみたいで、寂しがってるやつ？）

よく言えば素直、悪く言えば子供っぽいところのある葉月は、感情が顔に出やすい。優吾は葉月のそんなところも好ましく思っているのだが、今回の反応には違和感があった。

（いや、今日だけじゃないな。この半月くらい、義母さんの様子は明らかに変だ。なにか隠してる感じがする）


（なによ優ちゃん、まさか他にも好きな人がいるの？　ママ、初耳なんだけどっ）

息子が訝しんでいるとも知らず、葉月は残っていたアイスココアを一気に啜った。口内に広がる甘みと濃厚なコクに、若干落ち着きが戻る。

（ふう、相変わらず優ちゃんのココアは美味しい。ううん、優ちゃんが作ってくれるものは全部最高だったわね）

葉月が優吾の実父である哲也と出会ったのは十五年前。当時の葉月は、まだ四歳の凛を一人で育てるシングルマザーだった。

葉月の最初の夫、つまり凛の父親は葉月とは別ジャンルのアーティストだったが、妻がキャラクターをヒットさせたことでプライドを傷つけられたのか、浮気を重ねた挙げ句、離婚届を置いて逃げるように去って行った。

幸い、凛が母親似ということもあり、葉月がこの男を思い出すことはもはや皆無だ。顔や声、最近では名前すら咄嗟に出てこないくらい、葉月の中でその存在は消えている。たとえ今再会しても、誰かわからない可能性すらある。

(最初は哲也さんが料理をしてたけど、会社を作って忙しくなったあとは、ずっと優ちゃんが家事をやってくれたっけ)

妻の成功を妬んで去って行った最初の夫とは真逆に、哲也は葉月の才能を高く評価し、惚れ込んでいた。

(ただあの人、女であるわたしより、クリエイターのわたしのほうが好きだった気がするのよねえ。今思えば)

過去に付き合った男はこの二人だけだが、どちらも最初の接点は葉月の作品だった。それが悪いとは考えていないが、純粋に女としての自分に魅力はあるのだろうかと不安になった時期もある。そんな不安を払拭してくれたのが、

「義母さん、どうかしたの?」

突然黙りこくった葉月を困惑顔で見つめている、義理の息子だった。

「ううん、なんでも」

「嘘だ。絶対になにかに怒ってる」

先程の仕返しなのか、今度は優吾が葉月の顔を覗き込んできた。

（こうして見ると、全然哲也さんに似てないわねえ。性格も全然違うし。でも、そんな優ちゃんだからこそ、惹かれちゃったのかも）

優吾はいい意味で普通だ。自分自身や娘の凛を含め、葉月の周囲にはよくも悪くも我の強い人間ばかりだったせいか、気配りができて、謙虚な優吾が魅力的に映ったのかもしれない。

「怒ってないってば」

「怒ってる。僕が何年、義母さんを見続けてきたと思ってるの？」

普段は身体を近づけたり目を合わせると照れる優吾が、さらに顔を寄せ、葉月の目をじっと見つめてきた。

（ああん、優ちゃんったら、それ、告白？　わたしのことを誰よりも見つめ続けてきたって、もう完全にママへの愛の告白よね？　そうよね？）

葉月が息子を家族ではなく一人の男として意識したきっかけは、優吾から向けられる、露骨で強烈な好意だった。

最初は思春期男子特有の一時的なものだと考えていたが、そうではなかった。息子に本気で想われていると確信したときには、すでに葉月の中にも、優吾への許されぬ感情が生じていたのだ。

（さっき、好きな人がいるって言ってたけど、あれはわたしと凛のことよね？　そうに決まってるわよね？　まさか、浮気なんかしてないでしょうね？　ママを本気にさせておいて、今さら捨てるなんて許さないいんだから……！）

できるならば今すぐ問い質したい。そして、告白させたい。けれど、母親の理性がかろうじて葉月の暴走を押し止める。

（でもでも、優ちゃんが告白してきたら、話は別よ？　大事な息子を拒むなんて、ママにはできないいんだもの）

自分からは告白しない。できない。だが、優吾からしてきたならば話は別、というのが、葉月が導き出した、ぎりぎりの妥協案だった。もっとも、常識的にはぎりぎりどころか完全無欠にアウトの、妥協すらしていない案ではあるのだが。

「見続けてきたって……エッチね」

優吾の「見続けてきた」発言が嬉しかった葉月は、緩みそうになる頬を必死に引き締めつつ、大袈裟に自分の身体を抱き締める。隠すためではなく、たわわな胸を寄せ、さらにアピールするのが目的だった。

「ち、違うよっ。そういう意味じゃなくてって……うっ」

慌てて否定する優吾だったが、義母のあざとい作戦に、まんまと引っかかってしまう。

（ああん、優ちゃんってば、思い切りわたしのおっぱい見てる。エッチ。でも、ママのなら、いくら見てもかまわないのよ？　ううん、見てちょうだい。そのために、恥ずかしいのを我慢して薄着してるんだから……！）

視線を感じた四十一歳の女体に、甘い痺れが走る。と同時に、豊乳の先端が疼き、しこる。タンクトップの上からでもはっきりとわかるほど、葉月の乳首ははしたなく勃っていた。

「優ちゃんもお年頃だし、女ならば誰にでも興味も持つのもわかるわ。でも、どうせならママみたいなおばさんより、もっと若い子を探しなさいね？」

欠片も思っていないことを口にしたのは、言わば呼び水だ。自分がこう言えば、優しい優吾は必ずや葉月が求めるセリフを返してくれると信じ、期待しての引っかけだった。

「ぼ、僕は誰にでも興味持ったりしないよっ。僕が好きなのは、世界で二人だけ

「……あっ」

それなりに人生経験を重ねてきた熟女の姦計に、優吾はまんまと嵌まった。

（二人ってことは、やっぱり優ちゃんはわたしと凛が大好きなのね。よかった）

愛する息子が想いを寄せている相手が自分たち母娘と改めて確認できて、葉月は心から安堵した。しかし、好きな相手が二人いるという発言を誤解されたと勘違いした優吾は、半ばパニック状態だった。

「いや、違っ……あの、二人ってのはそういう意味じゃなくて、えっと」

「大丈夫、わかってるわ。優ちゃんは二股かけてたりしてないんでしょう？」

あなたが好きなのはママとお姉ちゃんなのよね、と心の中でつぶやきながら、優吾をそっと抱き寄せ、ぽんぽんと軽く背中を叩く。優吾がまだ幼い頃、こうしてあやした記憶が甦る。

（うふふ、優ちゃんの背中、昔と全然違う。逞しくなって、すっかり男の子ね）

昔と全然違うのは、葉月も同じだった。あやすためではなく、自分のアピールのために優吾の顔を胸に抱き抱え、背中をさわさわと撫で回す。

（これだと、乳首が勃ってるの、ばれちゃうかしら？　ううん、今さらよね。優ちゃんを誘いたくてこの半月、薄着になったり、スキンシップ頑張ったんだも

の)

優吾を男として明確に意識したのは三年前、ちょうど高校に入学したばかりの頃だ。それまでの詰め襟からブレザーになった息子の姿を見た瞬間、久しく忘れていた胸の高鳴りを覚えてしまったのだ。

もちろん、それ以前に優吾が向けてくれた好意がきっかけなのは間違いない。

(想うのもいいけれど、誰かに想われると、やっぱり心が動いちゃうのよね、女って)

当時、すでに夫と死に別れて七年もの年月が経っていたことも大きかった。悲しさが薄れた代わりに、心の深い場所に蓄積されていた寂しさが表面化しつつある時期だったためだ。

(ああん、優ちゃんってば、ちらちらとわたしのおっぱい見てる。やっぱり、昔と違うのね)

胸の中の優吾から向けられる牡の視線に、ますます乳首が疼く。シャワーで流したばかりだというのに新たな汗が滲み、タンクトップに吸われていく。

(さあ優ちゃん、ママはここまでしたわよ? 恥ずかしいのも我慢して、頑張って隙を、ううん、好きを見せまくったんだから、次はあなたの番よね？）

優吾への想いを自覚したとはいえ、葉月はやはり母親でもあった。十数年も親子として暮らしてきたのだ、今さら母親をやめられるわけがない。だから葉月はこの三年間を堪え、待ち続けた。

「優ちゃんも十八歳になって、高校も卒業した。もう、立派な大人の男よね。初めて会ったときはまだあんなにちっちゃかったのに」

優吾が成人し、かつ高校を卒業する日までは母親でいると誓ったのは、葉月なりのけじめだった。そして先日の卒業式以降、息子への誘惑を開始したのだ。

「僕はまだ大人じゃないと思う。でも、子供でもないつもりだよ、義母さん。父さんに比べたら全然ガキだし頼りないけど……だけど……っ」

優吾が、ゆっくりと顔を上げた。互いの鼻と鼻が接触するかと思うほどの超至近距離だ。

「だけど……なに？　ちゃんと言ってくれないと、ママ、わからないわ」

息子がなにを言いたかったのかわかっているくせに、そんなセリフを吐く。もちろん、優吾の口からはっきりと愛の告白を聞きたいためだ。

「僕の……僕の彼女になってください！　義母さんっ！」

　そして最愛の息子は、見事に期待に応えてくれた。

（ああっ、ホントに告白されてるっ……優ちゃんが、わたしの優ちゃんが、こんなに顔を真っ赤にして、真剣なまなざしで告白を……！）

　三年間、ずっと夢見ていた状況がついに現実となった幸せに、葉月は一瞬気が遠くなりかける。飛びかけた意識を繋ぎ止めたのは、優吾の唇だった。

「好きだ、義母さん！」

「ンン……！」

　あざといほどに誘惑を続け、隙を作り、優吾が告白しやすい状況に持ち込んだ葉月にとっても、これは予想と期待を上回る流れだった。

（告白の返事を聞く前にママの唇を奪うなんて、焦りすぎよぉ）

　告白させるところまで持ち込めば、あとは自分がリードするつもりだった葉月にしてみれば最高の、いやそれ以上の展開だ。その驚きと歓びに自然と口が開き、舌が動いていた。

「んむっ⁉」

（ふふっ、優ちゃん、なにをびっくりしてるの？　あなたはもう成人した立派な男の子なんだから、大人のキスで応じるのが当然でしょう？）

葉月は優吾を抱き寄せ、さらに深く舌をねじ込む。告白とキスで勇気のすべてを使い切ったのか、優吾はもう、されるがままになっていた。

「ちゅ、ぴちゅ、れろっ……んっ、くちゅ、ぷちゅ、ちゅくん」

そんな息子の舌を、葉月はねっとりと味わう。夫を亡くしてからずっとご無沙汰だったキスと粘膜接触に、知らず、女体を優吾に押し当てていた。タンクトップの下にはなにも着けていない乳首が擦れ、甘い疼きが広がる。

「告白の返事も聞かずに唇を奪うなんて、ちょっとせっかちすぎない？」

長いディープキスを終えたところで、葉月は舌をねじ込んだ己を棚に上げて、優吾を窘めた。

「ご、ごめんなさい。でも、だってその、僕、ずっと義母さんのことが好きで、気持ちが溢れて、どうにもならなくなって……あっ！」

叱られたと思ったのだろう、慌てて弁明をしていた優吾の顔が突然、青ざめた。

「どうしたの？　急に大きな声を上げて」

「もしかして義母さん、僕の告白を断るつもりだったの？　そ、そうだよね、こんなガキに付き合ってなんて言われても困るよね……」

葉月が自分の告白を拒むと勘違いしたのか、さらに顔色が悪くなる。

「バカね。ママが、可愛い息子の告白を拒むわけがないでしょう？　わたし、好きでもない男に舌を絡めたり、こんな格好を見せたりしないわよ？」

「そ、それじゃあ義母さん、いいの!?　僕の彼女になってくれるの!?」

「ええ、もちろん。……わたしもあなたのことが大好きよ、優ちゃん」

そう言って葉月は、今度は自分から唇を重ねた。どちらからともなく舌が伸びて、淫らに絡み合う。

（ごめんなさい、あなた。でも約束の五倍も頑張ったんだし、相手はあなたの息子だから、どうか許してちょうだいね）

『俺が死んだあとは、二年だけ、俺の妻を続けて欲しい。そのあとは、きみは自由だ。幸せになってくれ』

哲也の遺言が脳裏に甦る。それは期間を決めて要求することで葉月の心の負担を軽くしようとする、亡夫の優しさだった。

頼まれなくても、葉月は哲也の妻のままで、未亡人でいるつもりだった。凛と優吾の母親をやめるつもりなど毛頭なかったし、もう、誰かを好きにならないと思っていたのだ。

(だけどまさか、あの人の息子を好きになるなんて……)

こうして抱き合い、舌を絡めている今でも、どこか信じられない気持ちがあった。しかし、頬に当たる優吾の荒い鼻息や、自分たちのあいだで押し潰された乳房から生じる切ない快感が、これが現実だと教えてくれる。

「ふふ、優ちゃんったら、しっかり大人のキスができるのね。前にママとしたときは、ちょんって唇が触れただけだったのに」

「それ、僕が小学校に上がる前の話だよね!? ノーカンだよ、そんなの!」

「だけどあなた、小学生になってからもキスしてたじゃない、凛と」

「あれは……義姉さんが僕をからかってただけだよ」

(あら、まさかこの子、凛の気持ちには気づいてないの？)

娘の凛も母同様に、優吾を一人の異性として見ているのは当然、葉月も知っていた。

(優ちゃんって、かなり女心に疎いみたいね。おかげで、だいぶ予定が狂っちゃったわ)

当初の葉月の計画は、卒業式直後から誘惑を開始し、せいぜい数日で告白させるというものだった。ちょうどそのタイミングで凛が海外に行くため、しばらくは二人きりで甘い日々を送れると踏んでいた。

（凛は明日には帰ってきちゃう。つまり、気兼ねなく優ちゃんといちゃいちゃできるのは今夜だけ……！）

卒業式から今日までずっとお預けを食っていた分、葉月の我慢も限界が近くなっていた。いや、正しくはたかが二、三週どころではない。十年ものあいだ寂しい夜を過ごしてきた心と身体は、とっくに限界を超えていたのだ。

「優ちゃん、こっちに来て」

葉月は立ち上がると、優吾の手を引いてリビングを出る。

（この子がまだ小さいときは、こうしてよく手を繋いで歩いたっけ）

廊下を進んでいると、母親としての記憶が懐かしく甦る。が、今向かっているのはかつての夫婦の寝室であり、しようとしているのは、息子との淫猥な行為なのだ。母親の意識を、女の欲望が徐々に侵蝕していく。

「さ、入って」

「う、うん」

葉月に促されて入室した優吾の顔は、興奮と緊張で真っ赤だった。

「最後にもう一度確認させて。……優ちゃんは、ホントにわたしでいいの？　ママ、大学生の娘と息子がいる、今年の夏には四十二になるおばさんなのよ？」
そんな優吾を優しく抱き寄せ、最後の確認をする。

「義母さんがいい！　ううん、義母さんじゃなきゃイヤだ！　初めて出会ったときから、義母さんはずっと美人だし、今もどんどん綺麗になってるよっ」

「あっ……！」

突然、ベッドに押し倒された。十年間、一人で使ってきたキングサイズのベッドが、母と息子を優しく受け止める。

「ごめん、義母さん。僕、もう限界なんだ。薄着の義母さんを見たり触ったりし続けて、これ以上の我慢なんて無理だよ……っ」

「あぁぁ！」

左右の膨らみが同時に鷲摑みにされた。再婚と出産を経てIカップにまで実った豊乳が、義理の息子に揉まれていく。

「うわ、うわわ、凄い、凄いよ、義母さんのおっぱい……！」

「んっ、んふっ、ダメ……優ちゃん、そんなに焦らないでぇ……はあン」

女を知らない若い男に双乳を玩ばれるたびに、鮮烈な快感が走る。その一方で、布越しのタッチなのがもどかしくなる。そんな義母の浅ましい想いが伝わったのか、優吾によってタンクトップが捲り上げられた。

「……！」

ばるんっ、と飛び出した九十センチを優に超える爆乳に、優吾が息を呑む。

（あ、ああ、み、見られちゃったぁ。わたしのはしたないおっぱい、完全に丸見えぇ……は、恥ずかしいっ）

薄着で散々誘惑してきたくせに、いざ肌を晒すとなると、途端に羞恥が襲ってきた。しかし、無遠慮に注がれる牡の視線は決していやではなかった。むしろ、もっと見られたい、視姦されたいという欲望が込み上げてくる。

「ご、ごめんね、こんなみっともないおっぱいで。昔はもうちょっと色も形もよかったのよ？」

それでも、十八歳の若い男を前にした四十一歳の経産婦の口から最初に出てきたのは、そんな言い訳じみたセリフだった。

「どうして謝るの？　義母さんのおっぱい、ちゃんと見たのは久しぶりだけど、凄く綺麗だよ。おっきくて、柔らかそうで、記憶の中と全然変わらない……うん、ずっとエッチになってる」

「い、いつの話を……アアッ」

最後に一緒にお風呂に入ったのはいつだったかと思い出す前に、乳房が直接揉まれた。最初は恐る恐るだったタッチはすぐに大胆さを増し、たわわな柔乳を揉みしだいてくる。

「んっ、あっ、あぁぁ！　待って……んふっ、ふっ、そんなに揉み揉みされたら、ママ、ママはぁ……はあぁッ」

自分で触れるのとは次元の違う快楽だった。女を悦ばせるためではなく、男の欲望を優先した愛撫にもかかわらず、甘美な愉悦が胸から全身へと広がっていく。

（き、気持ち、イイ……！　あっ、やだ、気持ちよすぎて、腰が浮いちゃう、勝手にへこへこしちゃうぅン）

ショートパンツに包まれた尻が、知らず浮き上がっていた。自分に覆い被さった優吾になにかをねだるように淫猥に跳ねる動きを止められない。

「義母さん、おっぱい、敏感なんだね。じゃあ、ここはもっと感じちゃう？」

そんな義母の反応に自信を得たのか、優吾はバストトップに口を近づけてきた。

「ひっ、ひいいぃっ！」

サイズに比例して大きめの乳輪ごと先端突起を咥えられた刹那、衝撃が走った。

自慰とは比較にならない快感に、乳首のみならず、子宮やクリトリスまでもが熱く疼く。

（う、嘘、なに、今のは。自分でいじったときと全然違う。ううん、あの人に愛されたときと同じくらい凄かった……！）

童貞の優吾の舌技は、まだまだ拙い。にもかかわらず、電流が走ったかと思うほどの法悦が、今この瞬間も乳首から生まれ続けている。

「くっ、んっ、んんんん……！　あぁっ、ダメ、そんなにママの先っちょ、舌でいじめちゃダメぇ……はあぁぁ！」

ダメ、などと言いつつ、葉月は両手で優吾の頭を己の胸に抱き寄せていた。そんな真似をされた男がペッティングをやめるわけがなく、唇と舌はさらに激しく、淫らに蠢いて葉月を喘がせた。

（ダメ、ダメ、ダメよ、こんな……ああっ、この子の初体験は、わたしがきっちりリードしてあげるつもりだったのに。母親らしく、女の扱い方を丁寧に教えてあげたいのにぃ……！）

ここまで感度が上がっている理由は二つあった。一つは、葉月が自分で考えていた以上に優吾を愛していたこと。想い人からの愛撫に女体が強く反応するのは、極めて自然だからだ。

（まさか、わたしの身体がこんなに乾いていたなんてっ）

そしてもう一つは、未亡人として過ごした十年という時間の重みだ。失った女盛りを取り戻そうとするかのように、四十一歳の女体は息子の愛撫に過敏なまでに応じてしまう。

「はっ、はっ、はっ……ああっ、待って、ホントにダメなの……ああっ、おっぱい、おかしくなるのぉ……んっ、くっ、くうぅ……アアッ！」

どんどん膨張する乳首、甘みを増していく声、全身から立ち上る女のフェロモンに、優吾は嵩にかかって責めてきた。反対側の乳首まで吸われた瞬間、葉月は浅いオルガスムスに達する。

（やっ……胸だけでイッちゃうなんてぇ）

愛する夫相手でも経験したことのない乳首アクメに呆然としているあいだも、優吾の責めは止まらなかった。より激しく舌をくねらせつつ、両手を駆使して双つの乳房を揉んでくる。

「ああっ、優ちゃん、優ちゃあん……ねえ、ねえ、ダメぇ、ママのおっぱい、そんなふうにされたら、また、またぁ……はああァッ！」

豊乳の芯が蕩けるのを感じながら、葉月は両腕だけでなく、両脚も優吾に巻きつけ、続け様に淫らな頂に至った。

（あ、あれ？　義母さんの様子がおかしいぞ？）

未亡人美母を絶頂させられるわけなどないと考えていた優吾は、突然自分にしがみついてきた葉月の反応を訝しんだ。が、どんどん濃くなる甘い匂いと、口の中で膨らみきった乳首に、その可能性に思い至る。

（まさか、イッたの？　義母さん、僕におっぱい吸われて、揉まれて、胸だけでイッたの……!?）

歳上の、憧れの義母を絶頂させた。それは童貞青年にとって、凄まじい自信となった。そしてその自信は男の欲望を加速させる。

「義母さんっ」

それまでバストを揉んでいた手を、葉月の股間へと向ける。ショートパンツとショーツの中に手を潜らせ、一気に義母の秘所を狙う。

「あぁっ、ダメ……ま、待ちなさい優ちゃん……ひんっ！」

優吾自身、逸りすぎだと頭では理解していたが、一度火が点いた獣欲を制御できない。しかも、指先に柔らかな秘毛と濡れた割れ目を感じては、ここで引き返すなど不可能だった。

（こ、これが義母さんのオマ×コ……！）

葉月は咄嗟に股を閉じて息子の侵入を阻もうとしたが、不発に終わる。先程の乳アクメの際、両脚を優吾に巻きつけていたためだ。それに気づいて慌てて腰を揺するが、優吾の指はすでにクレヴァスを、手のひらは恥丘に到達済みだった。

「ま、待って……ねえ、そんなに焦らないで。ママは逃げたりしないから。ちゃんと女の扱い方を教えてあげるから……はあァッ！」

主導権を息子に奪われる事態は想定外だったのだろう、葉月に焦りが見える。

（慌てる義母さん、なんか、可愛い）

葉月とは対照的に、優吾に僅かではあるが冷静さが戻ってきた。困惑する義母の表情を目で楽しみつつ、ゆっくりと指を動かし、未亡人の濡れ溝をまさぐる。

「はうン！　うっ、ふっ、んうゥンン！　優ちゃ……ああん！」

手のひらをくすぐる、濃密なアンダーヘア。指にまとわりついてくる、大量の蜜で濡れた媚唇。鼓膜と心を揺さぶる、母の女の声。そのどれもが、十八歳の童貞を滾らせるに充分すぎる刺激だ。

（これが義母さんの穴、なんだ。ああっ、軽く置いてるだけなのに、勝手に指が沈んでいく……！）

　葉月の膣口は想像よりもずっと狭く、想像よりもずっと柔らかかった。ここから憧れの義姉が生まれてきたと考えると、興奮が増す。

「んっ、んあっ、やだ、そこはダメなのぉ……んっ……！」

　まるで奥へと引きずり込むような膣粘膜の蠢きに任せ、指を少しずつ進める。初めて触れる膣内の熱さに、指が勝手に動くのを止められない。

「ダメよ、ダメぇ……あぁん、優ちゃん、ダメ、あぁっ、ママをいじめないでぇ……中、ぐちゅぐちゅされたら、おかしくなっちゃうのよお……ひんっ」

　指に合わせて喘ぎ、身をよじる痴態も、優吾を滾らせた。追加でもう一本指を蜜穴に挿れると、葉月の声と締めつけはさらに甘みを増した。

（す、凄い、僕、今、義母さんのオマ×コを触ってるんだ！　ぬるぬるしてて、ぐねぐね動いてる……！）

　こうして触れているだけでも気持ちよくてどうにかなりそうなのに、もしもここにペニスが入ったらどうなるかなど、童貞の想像力では追いつかない。

（挿れたい。義母さんと繋がりたい。大好きな人と一つになりたい……！）

　牡の欲望と純粋な恋心、その両方が優吾を次のステップへと進ませた。膣洞から指を引き抜き、穿いていたスウェットとボクサーブリーフを下ろして、痛むほどに膨らんだ肉棒を剝き出しにする。

「ああ、優ちゃんの、凄い……！」

下腹に張りつくほど反り返った若竿を見た葉月の反応が、優吾に勇気を与えてくれた。その一方で、エラに引っかかって完全に剝けきってない包皮を恥ずかしいとも感じる。

（義母さんに見られる前に、手で剝いておけばよかった）

そんな後悔の中、まだ半分ほど皮を被ったままの亀頭を膣穴へとあてがう。

どこが入口かと探していると、すっ、と葉月の手が屹立を押し止めた。

「待って、優ちゃん」

（あ、そっか。ゴム、着け忘れてた）

避妊はすべきと納得する一方で、直接義母の粘膜を味わえないのだと優吾は落胆する。しかし葉月が挿入を止めたのは、別の理由だった。

「痛かったら、言ってね」

「えっ……ああっ！」

葉月の細い指に優しく包皮を剝かれた瞬間、優吾は快感と感激に声と身体を震わせた。

「ふふっ、優ちゃんのオチン×ン、これでもっとカッコよくなったわ。大きくて、逞しくて、反ってて、張り出してて、とても立派よ」

四十一歳の熱い視線に晒された十八歳の怒張が、誇らしげにびくびくと跳ね上がる。先割れから溢れたガマン汁の量も夥しい。

「ああ、こんなので貫かれたら、わたし、きっと乱れちゃう。息子に見せちゃいけない姿を晒しちゃう。……ママのこと、軽蔑しないでちょうだいね？」

上目遣いで見つめられた優吾は、さっきよりも大きく全身を震わせた。計算したわけではないのだろうが、羞じらいと媚び、その両方を感じさせるまなざしとセリフに、かつてないほどの興奮に包まれる。

「し、しないよっ。義母さんこそ、僕を笑わないでね？　初めてだし、興奮と緊張でうまくできる自信、ないから」

「ええ、もちろんよ。大丈夫、心配しないで。……んんっ」

義母の笑みに誘われるように、優吾は改めて切っ先を狭穴に向けた。場所と角度がわからなかったが、葉月が指で導いてくれたおかげで鈴口が窪みにすんなりと嵌まる。

「義母さん……！」

「優ちゃん……あっ……あああぁっ!!」

腰を進め、媚壁を掻き分け、蜜壺を貫く。勃起にまとわりついてくる無数の膣襞がもたらす愉悦は、優吾の予想や期待を遥かに超えていた。

（な、なにこれ、ぬるぬるがいっせいに襲ってくる……絞られる……!?）

強烈な快感に恐怖すら覚えた刹那、制御不能の衝動が優吾を襲った。それが爆発の兆候だと気づいたときにはもう、若いマグマは尿道を勢いよく上昇していた。

「あっ、あっ、出ちゃう……ごめんなさい、義母さん……ぐうぅ!!」

「えっ？　あっ……あはあぁっ!?」

剝かれた直後で敏感な亀頭は、未亡人の濡れ洞の前ではあまりに分が悪すぎた。必死に堪える優吾をよそに、若茎は大量の白濁汁を義母の膣内へと撒き散らしていく。

（出る、出てる、出ちゃってるぅ！　ああっ、義母さんの中に僕、思い切り射精しちゃってる……!!）

記念すべき初体験をしくじった悔しさすら押し流すほどの悦楽に、優吾は放出を続けた。

（泣いてる優ちゃん、可愛い……っ）

爆発が落ち着くと同時に声を押し殺して泣き始めた息子を見て、葉月が最初に抱いた感想と感情はそれだった。もちろん、口には出さない。若い男にとって暴発がデリケートな問題なのは、さすがに理解していたからだ。

「ごめんなさい、義母さん」

「ふふっ、どうして謝るの？」

優吾と繋がり、抱き合ったまま、優しく尋ねる。

「だって僕……」

「出ちゃったことなら、全然気にしてないわよ？　ううん、むしろ嬉しいくらい。ほっとしたもの」

息子の頭を優しく撫でつつ、葉月は説明を始める。

「すぐに出してくれたのは、つまり、それだけママのあそこが……オマ×コが気持ちよかったからでしょう？」

葉月は敢えて卑猥な単語を使う。恥ずかしさはあったが、妙な興奮も覚えた。

「う、うん、凄く。こんなに気持ちイイだなんて、想像以上だったんだ」

「あら、優ちゃん、ママのオマ×コにオチン×ン挿れるところを想像してたの？」

だから続けて淫語を口にして、息子をからかう。もちろん、悪意はない。雰囲気を変えて、優吾を慰めるためだ。それが伝わったのだろう、

「うん、してた。何度も、してた。大好きな義母さんとこんなふうに繋がれたら、どんなに幸せかなってずっとずっと妄想してたんだ」

優吾の声が少し軽くなったのがわかった。

「じゃあ、本物のママの勝ちね。妄想の中のママより、ずっとわたしが気持ちよかったってことでしょう？　わたしももういい歳だし、出産もしてるし、優ちゃんに緩いって思われたらどうしようって、ずっと不安だったんだもの」

これは葉月の偽らざる本音だった。

「ね……優ちゃん、続き……しよっか？」

そしてもう一つの本音、すなわちもっとしたいという欲望に任せ、女壺を蠢かせ、まだ入ったままの男根に卑猥なおねだりをする。暴発したとはいえ、硬度を維持し続けている若竿がびくん、と膣内で跳ね上がる。

「……いいの？　僕、また自分だけイッちゃうかもしれないよ？」

「大丈夫よ、そのときはまたこうして、ママがオマ×コで優ちゃんのオチ×ポ、

いい子いい子して慰めて、おっきくしてあげる」

今までの人生で口にしたことのないような、淫らなセリフがすらすらと出てくる。同時に媚肉が蠢き、勃起にまとわりついていく。

「義母さんっ！」

「ああっ、優ちゃん……あああぁっ！」

美義母の誘惑に、優吾が再び抽送を開始した。もはや失うものがない強みか、あるいはリベンジに燃えているのか、明らかに先程までの腰使いより遠慮がなく、力強かった。

（凄い、優ちゃんのピストン、激しいっ……でも、嬉しい……！）

自分よりも二十以上も若い牡が射精直後にもかかわらず、もう一度求めてくれる。それは葉月に女としての自信を与えてくれたし、また、純粋に気持ちが良かった。

（奥、届いてる、当たってる……あぁぁっ、大事なところ、いっぱいキスされてる……ぅ）

己の指では届かない膣奥を小突かれ、女の最も神聖な小部屋を揺さぶられる愉悦に、葉月は無意識のうちに、優吾にしがみついていた。

「くっ、義母さんの中、キツい……ううっ！」

今度こそは暴発すまいと必死に堪えているのだろう、耳元に聞こえる優吾の声は、どこか苦しげだった。優吾には悪いと思いつつ、自分の女体が若い牡を悦ばせている事実に、葉月の頬が緩む。

（我慢なんて、しないでいいのに。いつでも何度でも、ママの中に注いでかまわないのに）

蜜壺を突かれるたびに、優吾が注いだ精液が膣外へと押し出され、掻き出されていくのが、葉月には少し寂しかった。できるならばずっと、愛しい息子の白濁汁を膣内に感じていたかったのだ。

「ああん、優ちゃん、ちょうだい、ねえん、ママのオマ×コに、また、いっぱい出してぇ」

いくら血が繋がっていないとはいえ、母親が息子にねだっていい内容ではなかった。だが背徳感溢れるセリフがゆえに優吾は昂ぶり、腰が加速した。

「んふっ、ふっ、くふぅっ！　あっ、あっ、凄い、ああっ、そんなに深く刺されたら、わたし、わたしぃ……ひうン⁉」

勢いの増したピストンに、葉月の肢体が跳ねた。一番奥と思っていたところよりもさらに深い場所を小突かれたせいだ。

（えっ、なに、今の？　オチン×ン、どこまで潜ったの……!?）

困惑する間もなく、続け様に膣奥が抉られた。

「ひぃっ!?　ひっ、あっ、あっ、待って、優ちゃっ、あああぁっ!!」

葉月から、明らかに余裕が失われた。その原因は快楽と、困惑だ。

（嘘っ、やっぱり深い……あっ、なんで、どうしてっ？　やっ、あっ、どんどん奥に来る、わたしのオマ×コ、拡げられてる……ッ）

てっきり、とっくに最深部に届いていると思っていた葉月はここでようやく理解する。長く寂しい未亡人生活によって、本人すら知らぬ間に己の身体の奥が閉じてしまっていたことに。

「義母さん、凄いよ、こんなにキツいのに、ぬるぬるがいっぱいで、チ×ポが溶けちゃいそうだよおっ！」

快感と興奮と感動に夢中になった優吾は、葉月の異変に気づかず、ますます突きを加速させてくる。はち切れんばかりに膨らんだ亀頭は、まさに十年の空閨によって閉じた膣道を掘削する、肉のドリルそのものだった。

「あっ、あっ、ダメ、ダメ、少しだけ待って……はああァンッ！」

久しく触れられず、愛されなかった女肉を貫かれる。それは、未亡人にとっての第二の処女喪失にも等しい。しかし、本当の破瓜と異なり、そこに痛みは存在しない。あるのはただ、懐かしくも鮮烈な牝の喜悦のみだ。

(嘘、嘘、まだ奥に来る……！　わたしの中って、ホントはこんなに深かったんだ……あぁあっ、あの人がいなくなってから閉じてたわたしの穴を、あの人の息子がまた開けてくれるなんてぇっ)

寂しい夜を慰めていた自分の指とは比較にならない長さと太さ、硬さ、なにより熱さを持つペニスが、拙くも力強く、情熱的に蜜壺を穿ってくれる。

「んんんっ、凄い、凄いのよおっ、深くて、たまんない……ッ！」

一突きごとに甦る女の幸せと入れ替わりに、母の意識が希薄になっていく。そして、そんな葉月の変化を察知した優吾のピストンはさらに激しさを増すのだ。

「優ちゃん、優ちゃん、優ちゃん……！」

再び子宮口に至るまで開通した肉の道を若杭が高速で往復するごとに、葉月は昂ぶり、女の声を響かせる。

(ああ、これ、絶対にわかってる……わたしの、ママの一番弱いところを狙い撃ちしてるぅ！)

かつて凛を宿し、育てた小部屋を揺さぶられる。雄々しく張ったエラで敏感な媚粘膜を擦られる。逞しくなった身体で熟れた肢体を力強く抱き締められ、耳元で「義母さん、義母さんっ」と連呼されては、もはや、絶頂以外の結末などあるはずがなかった。

(ダメよ、まだダメ……せめてイクのは、優ちゃんのあと……だってわたしはママなんだから……可愛い息子を先にイカせてあげなくっちゃ……！)

ぎりぎり残っていた理性がかろうじてエクスタシーへの加速を止めようとするが、十年の寂しさに侵された未亡人のブレーキは悲しいほどに脆弱だった。

「はうぅっ！　そこ、そこはイヤッ！　あっ、久しぶりなのっ、わたし、こんなに奥は、アアッ、ダメ……ダメーッ!!」

膣奥を嬲られる愉悦に、もはや逆らえない。全身で愛しい息子にしがみつき、浅ましく腰すら揺すって、目前に迫った、懐かしい牝悦への道を一気に駆け昇る。

(来てる、来てるのっ、あれが、すぐそこまで来てるぅ！)

葉月に本当のオルガスムスを教えてくれたのは亡夫である哲也だ。その息子が今、再び自分を女の頂へと導こうとしている事実がさらに葉月を滾らせる。

「義母さん、ここ、ここなの!?」

義母の反応を見た優吾がいよいよラストスパートに入った。一度放出したとは思えぬほど硬い怒張に膣壁を削られ、子宮口リングを小突かされるごとに絶頂が近づく。

「あうっ、はうっ、はうううゥッ！　ダメなの、アアッ、ホントにダメぇっ！　イッちゃう、ママ、イク、久々にイクッ、あなたのオチ×ポで果てちゃう、恥を掻いちゃうッ！」

両手と両脚を息子に巻きつけ、卑猥に腰をしゃくり、蕩けた媚襞で剛直を締めつけながら、葉月はついに十年ぶりに自慰ではないアクメに達した。

「はほおおっ！　イク……イッグ……アアァッ!!」

喉ではなく、腹の奥から響くような声とともに、四十一歳の女体が弾けた。頭の中が真っ白になるほどの衝撃と、下腹部を中心に広がる甘美で重厚な快楽に全身が痙攣し、蜜壺が急激に収縮する。

「か、義母さん、僕も、僕ももう……ウウッ！」

美熟母の締めつけに、優吾が今日二度目のマグマを吐き出す。

「ゆ、優ちゃん……はあああぁッ!!」

挿入と同時だった最初と違い、今回は膣の最奥、しかも絶頂中への射精だ。女が一番無防備になる瞬間に、女の最大の急所に放出された葉月は、そのあまりの法悦に絶叫する。

「ひぃっ！　いひっ、ひんっ、ひっ、イッてる、ママ、もう、もぉイッてるろにいぃいぃーっ！　ひっ、ひぃーっ!!」

オルガスムスの真っ最中に愛しい息子の精を子宮で受け止める。それは葉月にとって、極上の幸せであった。

（イク、イク、イキながらイッてるぅ！　ああ、わたし、優ちゃんに出されてイッてる、オマ×コの奥で、子宮でイッてる、思い切りアクメしちゃってるぅっ!!　たまんない……あっ、あっ、凄いの、最高なのぉ……!!）

全身の毛穴から汗を、息子と繋がった膣口からは本気汁を、そして焦点の合わなくなった瞳からは随喜の涙を流して、葉月は久々に味わうエクスタシーの大波に、身も心も委ねるのだった。

第二章　裸エプロンで夜食を盛ってくる義母（二人きりでいちゃいちゃしたいのをわかって）

初恋相手でもある憧れの美義母に告白し、ついに長年の想いが叶ったとはいえ、優吾は決して浮かれたりはしなかった。できなかった、というのが正しい。

（帰ってきた義姉さんに怪しまれないようにしなくっちゃ。僕はともかく、義母さんに迷惑がかかっちゃう）

帰国した義姉の凛は、優吾の一学年上の十九歳。実母である葉月とそっくりの美貌を持つ、優吾の自慢の、そして人生で二人目に好きになった女性でもあった。

「ねえ優吾、ママ、ずいぶんと機嫌がいいけど、私の留守中になにかあったの？」

リビングのソファで好物の甘口揚げ煎餅をぱりぱりと頬張っていた凛が、姉のために茶を淹れて持ってきた優吾に尋ねる。

「えっ。そ、そうかな？　いつもどおりじゃない？」

頭も勘もいい凛の指摘に内心慌てつつ、優吾は惚ける。そんな義弟に対し、日本を代表する国立大学に通う才媛は、深い知性を感じさせる切れ長の目をじっと向けてくる。

「お前も妙に浮ついた感じだけど……二人して、私になにか隠し事でもしてるんじゃないの？」

ぱりぱりと煎餅を頬張りながら、凛は優吾からまったく目を逸らさない。少しの嘘も見逃さないと言わんばかりの鋭いまなざしだった。

（ああ、義姉さんのこういう表情、やっぱり綺麗だなぁ）

二人並ぶと、少し歳の離れた姉妹にも見えるほど、凛と葉月はよく似ている。唯一の大きな違いは、目だ。大きめで垂れ気味の母に対し、娘は怜悧そうな、やや細めの目の形だった。

「ま、まさか。僕と義母さんが、なにを義姉さんに隠すっていうの？」

「……お姉ちゃんに嘘ついたらどうなるか、わかってるでしょうね？」

ゆらり、と立ち上がった凛が、リビングを出ようとする優吾の前に回り込む。そして、ドアの前で脚を横に伸ばして弟の逃走を阻む。

（まずい。これ、完全に疑われてる。……あっ）

絶対に知られてはならない葉月との関係を疑われている状況に焦る一方で、目の前に現れた凛のすらりとした美脚に目と意識が引き寄せられる。

（義姉さんってば、また家の中だからってこんな油断した格好して。僕が男だってこと、絶対に忘れてるよね？　弟だけど、血は繋がってないんだよ？）

外出時はぴっちりと隙のない服装を好む凛だが、その反動なのか、自宅では今日のようにラフな格好でいるときが多い。そういう点も、母とそっくりだった。

「優吾。お姉ちゃんの目を見なさい」

ショートパンツから覗く素脚に見惚れていたのを、目を逸らしたと勘違いしたのか、凛は優吾の顎を摑み、自分のほうへと向かせる。

「う、うん、見てる、見てるよ」

言葉とは裏腹に、優吾の視線は姉とは別の空間に逸れていく。

「嘘。目、逸らしてる。ほら、ちゃんとこっち見て。それとも、なにか後ろめたいことでもあるの？」

（後ろめたいんじゃなくて、目の遣り場に困ってるんだよっ。義姉さん、その服、サイズ合ってない！　ぶかぶかすぎ！　ブラとか、完全に見えちゃってるし！）

凛が着ているのは、男物のシャツだ。より正確に言うならば、元々は優吾のものだったシャツである。それを凛が「これ、気に入ったから私のものにする」と、いつの間にか所有権を主張し、現在に至る。

「な、ないよ。なんにもないよ」

義母との交歓という特上の秘密を抱えている優吾は、必死に否定するほかはない。だが、それが逆に凛の疑惑を深めてしまう。

「だったら、きちんと私を見なさい」

(いや、見てるよ！　見えちゃってるせいで困ってるんだよぉ！)

肉感的な母に比べて、娘の凛は手脚が長く、顔や身体もすっきりとしたラインの持ち主だ。しかしバストはしっかりと母の遺伝子を受け継ぎ、たわわに膨らんでいる。

(はうっ！　義姉さんのおっぱい……ああっ、大きくて柔らかそう……っ)

ただでさえサイズが合わないのに、さらに上のボタンを二つも外している美姉がぐっと上体を屈めて睨んでくるものだから、優吾はますます困る。

「ダメよ凛、優ちゃんをいじめちゃ」

そんな優吾を救ってくれたのは、葉月だった。

「可愛い弟をいじめたことなんて、私、一度もないけど？」

そう言いつつも、母に窘められた凜は渋々と優吾から離れる。ほっとした反面、大好きな姉が離れると少なからず寂しく感じてしまうくらいには、優吾のシスコンは重症だ。

「……ママ、どうしたの、その格好？　なんでエプロンなんてしてるの？」

「え？　お料理してたからよ？」

葉月はシャツとタイトジーンズの上に、普段は優吾が使っているエプロンをかけていた。

「それはわかるけど……なんで急に？　ママが料理するなんて、いつ以来？　イヤよ、せっかく春になったのに大雪降るとか」

凜が真顔で言うくらいには、葉月が料理をするのは珍しい。優吾の記憶では、最後に義母がまともな料理をしたのは、もう二年以上前のはずだ。

「ひどいこと言うのね。確かにママ、滅多に料理はしないけど、できないわけじゃないのよ？」

「それは知ってる。でも、得意でも、好きでもないでしょ？」

「それはあなたも一緒でしょ、凜」

「まあ……うん」

葉月と凛は、どちらも人並みに料理ができる。しかし、向江家の食卓を長年担ってきたのは優吾だった。たとえ自分が不在であっても大丈夫なように、冷蔵庫には常に数日分の料理をストックしているほどだ。

「義母さん、どうしたの？　もしかして、僕の料理じゃ満足できないの？」

葉月の突然のエプロン姿に凛以上に衝撃を受けたのは、優吾だ。自分の数少ない特技を愛しい義母から否定されたのかと、青ざめる。

「まさか。優ちゃんの料理は世界一よ。わたし、優ちゃんの作るご飯が食べられなくなったら、生きていく楽しみの半分がなくなっちゃうわ」

そんな息子を見た葉月が、優吾の頭を優しく撫でてくれた。身長はもうとっくに追い越しているのだが、こうして母に褒められたときの嬉しさは子供の頃とまったく変わらない。

「じゃあ、なんでママが料理しようなんて思ったのよ」

なぜか優吾と葉月のあいだに身体を割り込ませてきた凛が、母に問う。

「だって……」

「だって？　なによ？」

「たまにはママだって、エプロン着けてみたいなって。だってほら、おと……うん、子供って、母親のこういう格好が好きらしいし」

そう言って葉月は、二人の子供に見せつけるようにその場でくるりと回転して見せた。遠心力で少しだけ浮いたエプロンよりも、その下で重たげに揺れたバストのほうが完全に目立っていたが。

(今、義母さん、子供じゃなくって、男の子って言おうとしてた？　もしそうなら、僕に見せるためにわざわざ料理をしてくれたんだ)

母であると同時に恋人ともなった葉月の意図を悟り、優吾の頬が嬉しさに緩む。

「十年遅いわよ、ママ。今さらされても、コスプレ感しかないもの」

そんな弟とは対照的に、姉は呆れた顔で葉月を見ている。

「そ、それは僕のエプロンのせいだよ、義姉さん。ほら、僕のは実用本位で野暮ったいし」

娘の感想に露骨に落ち込んでいた葉月を励まそうと、優吾が援護をする。

「いや、エプロンなんて実用本位でいいでしょ。なに言ってるのよ優吾」

すると凛は、優吾にも呆れ顔を向けてきた。

「でもほら、僕はセンスゼロだからよくわからないけど、一流デザイナーの義母さんは、実用性に加えて、ファッション性も求めちゃうんじゃないかな?」

葉月への優吾の懸命な援護射撃に、凛がここで初めて「うっ」と言葉に詰まった。欠点らしい欠点のない凛だが、葉月から芸術方面の才能だけは受け継げなかったようで、デザイン関係の話は苦手なのだ。

「た、たとえそうだとしても、我が家のエプロンにそんな、ファッション性はいらないって話。新婚さんじゃあるまいし」

子供の頃から有名デザイナーである母と比較され続けてきた凛にとっては劣等感を刺激されるのだろう、この話題はここでもうおしまいにしたい空気を出す。けれど、最後の一言は余計だった。

「あら、凛。新婚さんとエプロンにどんな関係があるのかしら? ママ、よくわからないから、教えてくれる?」

エプロン姿をコスプレっぽいと揶揄された意趣返しとばかりに、葉月がわざとらしく尋ねる。家族以外の前では絶対にしない、にやにやと笑う表情すら、優吾には魅力的に映る。

(意地悪する義母さんも素敵だなぁ。あ、ちょっと悔しげな顔の義姉さんもイイかも)

義母のみならず義姉にも心躍らせるマザコンかつシスコンの青年をよそに、二人の口喧嘩は続く。もちろん、本気の言い争いならば即座に止めに入るが、この程度ならばなにも問題はないため、優吾は笑顔で母娘を眺める。

(やっぱり仲がいいなあ、義母さんと義姉さん)

「ほらほら凛、ママに教えてちょうだい。新婚さんはエプロンをどう使うの？ねえってば」

「そ、それは……こら優吾、なににやけてるのよっ。私の代わりにママに説明して！　元はと言えばお前のエプロンのせいなんだから！」

顔を真っ赤にした凛が、理不尽なことを言い出す。もっとも、姉は常に理不尽な存在なのだと達観している弟はまったく動じない。

(義姉さん、裸エプロンとか想像しちゃってるんだろうなぁ)

身も心も健康な青年である優吾もまったく同じ想像をしたので、凛を笑えない。

「家に帰ったら、可愛い新妻がエプロンつけて出迎えてくれる……なんてのは、やっぱり憧れだよね。まあ、これはあくまでも僕の、男の身勝手な言い分で、今どきの考え方ではないと頭ではわかってるけど」

今どきの十八歳である優吾のこの言葉に対し、葉月と凛はなぜか真剣な顔で聞き入っていた。

（あ、あれ？　怒られるか笑われるつもりでボケたのに、なんで二人とも、そんな顔してるの？　いや、言ってることは全部本心だけども）

義母や義姉の裸エプロンや新婚プレイを幾度も妄想し、自慰のオカズに使った経験は数知れない。

「ふうん。優ちゃんもやっぱりそういうのが好きなんだ。男の子ねえ」

「へえ。お前、そんな趣味があったのね」

葉月は嬉しそうに、凛は興味深げに、それぞれうんうんと頷く。おかげで二人のたわいのない言い争いは収まったのだが、

（なんで義母さんと義姉さん、さっきからちらちらと僕を見るの？）

代わりに美女たちから視線を注がれ、妙に落ち着かない優吾なのだった。


この日の夕食は久々に葉月が作ったものがテーブルに並べられたのだが、

「やっぱり、優ちゃんが作ったほうがずっと美味しいわねえ」

「普通に食べられるし、盛りつけだけは優吾より綺麗なんだけど……」

「え？　僕は美味しいと思ったよ？」

優吾以外の家族の反応は芳しくなかった。

「うふふ、ありがと。でも、一食分作るのに優ちゃんの三倍の時間かかったもの。食材も余っちゃったし、やっぱりわたしに料理、ううん、家事全般、向いてないみたい」

「安心してママ。家事がダメなのは私も。これはうちの家系。諦めましょう」

「いや、僕、義母さんや義姉さんの手料理好きだよ？」

これはお世辞ではなく、優吾の偽らざる気持ちだ。が、

「ううん、ダメ。わたしはお仕事以外はまったくポンコツなの。お金は頑張って稼ぐから、ママのお世話は頼んだわよ、優ちゃん」

「あ、私の世話もよろしくね、優吾。私はママよりは生活能力あるけど、将来は経営に全力を注ぎたいの。プライベート……ううん、私の人生は全部お前に任せるから。なにもかも全部、ね」

一流デザイナー兼社長の母と、近い将来、その母の会社を継ぐのが既定路線となっている姉は、同時にそんなことを言ってくる。冗談ではなく、完全に本気の表情と声だった。

「家事程度ならいくらだってするよ。少なくとも、学生のあいだは任せて」

「あら。大学卒業したらもう、わたしたちのお世話、してくれないの？」

「言っておくけど、私たち、お前がいなくなったら生活できないわよ？」

美しき才媛母娘は大真面目な顔で、極めて情けない発言をする。

「でも、僕だって卒業したら就職しなきゃいけないわけで」

「うちの会社に入れば大丈夫」

「どうしても外で働きたいなら、まあ、それしかないか」

現社長と次期社長がさらりと、衝撃の事実を口にした。

「そんな話、初めて聞いたよ!?」

「え？　まさか優ちゃん、他の会社に行くつもりだったの？」

葉月は優吾以上に驚き、

「パパが設立したママの会社で、姉である私が受け継ぐのに、なんで自分だけ違うと思ったのか、そっちのほうが不思議よ……」

凛は呆れたようにため息をつく。

「だって僕、義母さんみたいに才能ないし、義姉さんみたいに優秀じゃないよ？」

自分にはまったく芸術系のセンスがないことも、頭の回転も姉には遠く及ばないことも重々承知している優吾は、ぶんぶんと首を横に振る。

「優ちゃんは哲也さんや凛とはまた違う才能があるわよ。大丈夫」

「優吾は自分を卑下しすぎ。もっと自信を持ちなさい」

母と姉の言葉にどう反応していいかわからなくなった優吾は、「これ、片付けてくるね」と、食べ終えた皿を持って流しへと逃げた。

「できれば優ちゃんは外に出ないで、我が家のことを全部任せたいのよねえ」

「同感よ、ママ」

だから優吾の耳には、葉月と凛のこの会話は届かなかった。


（まあ、まだ大学にも入ってないんだし、将来の話はまたあとで考えよう。今はまず、義母さんと恋人になれた幸せに浸りたいし）

三人での夕食の数時間後、優吾は再びキッチンに立っていた。ただし今は洗い物ではなく、料理が目的だ。葉月に夜食を作って欲しいと頼まれたマザコン青年は、嬉々として調理していく。

（深夜だから、胃に優しいものがいいよね）

シャケの身をまぶしたおにぎりと、豆腐とキノコをたっぷり使った汁物を手早く用意した優吾は、着けていたエプロンを外す。

（そういやこれ、義姉さんがプレゼントしてくれたんだよね。嬉しかったなぁ）

いつも料理を作ってくれているお礼にと凛が選んだエプロンは、確かに実用本位でシンプルなデザインだ。しかし、そこが凛らしいと優吾は思う。

（僕が着るとなんてことはないのに、義母さんが着ると妙に可愛いというか、色っぽいというか……モデルが違うと、あんなにも変わるんだなぁ）

先程の光景を思い出し、優吾は誰もいないキッチンで一人、頬を緩ませる。

（も、もしかしたら、恋人になった今なら、は、は、裸エプロンとか、頼めば本当にしてくれるかも……!?）

そんなよからぬ妄想をしつつ、作った料理をトレイに載せて葉月の仕事部屋へと向かう。途中、姉の部屋の前を通る際に足音を忍ばせたのは、まだ時差ボケが抜けていない凛が早めに寝たためだ。

「義母さん」

ドアをノックするが、返事はない。

（あれ？　いつもはすぐに反応あるのに。トイレかな？　それとも、寝ちゃった？）

どうしたものかと迷っていると、ドアの向こうから「入ってちょうだい」と、妙に小さな声が返ってきた。

「夜食持ってきたよ。……ええっ⁉」

ドアを開けて室内の様子を見た優吾は、危うく持っていたトレイを落とすところだった。あまりにも想定外の、けれど妄想の中では何度も描いた光景が目の前に広がっていたのが原因だ。

「な、なあに、優ちゃん、急におっきな声を出して。あ、まだ夜は冷えるし、ドアは閉めてちょうだいね」

「う、うん」

言われるままにすぐにドアを閉め、トレイをデスクに置く。その間、優吾の目は一度たりとも椅子に腰かけた葉月から逸らされることはなかった。見ない選択肢などあり得ないほど、蠱惑的な格好をしていたせいだ。

(なんで？　どうして？　これ、裸エプロンだよね？　いや、下着は着てるみたいだけど、それだけだよね？)

憧れの美母の豊満な女体が纏っているのはブラとショーツ、そして大きなフリルが目立つエプロンのみだった。下着がベージュのため、一見するとエプロンしか着けてないように見えてしまう。

「お夜食、ありがとうね。お仕事頑張ってたらお腹空いちゃったのよ」

葉月は平静さを装っているつもりらしいが、その試みは見事なまでに失敗していた。この部屋に来た瞬間からすでに様子がおかしかったのに、その挙動不審っぷりは時間の経過とともにますます悪化している。

（これって……僕を誘惑してくれてるんだよね？　前と同じで。となると、せっかくの義母さんの気持ちを無駄にするわけにはいかない）

自分のために恥ずかしさを我慢してこんな格好を見せてくれたのだと思うと、感動で胸が、興奮で股間が熱くなる。

（でも、ここでいきなり押し倒すのは違う。まずは、義母さんの狙いを探らなくっちゃ）

童貞を卒業したあの衝撃の夜以降も二度、義母と肌を重ねた経験があったおかげで、下着エプロンの未亡人を抱き締め、唇を奪いたい衝動をどうにか押し止めることができた。その僅かな余裕を用いて、改めて葉月を観察する。

（エプロンのデザイン、ふりふりで凄く可愛い。でもこれ、実用性はあまりなさそうだなぁ。丈が短すぎて、下半身をカバーできてないし）

油や水から身体や服を守るには、明らかに丈が足りてない。かろうじて股間のショーツを隠せている程度だ。しかし、防御力の低さと引き替えに、愛くるしさと色っぽさは通常のエプロンとは比較にならないほど高い。

「実はね、これ、新製品用の参考資料なの。ほらわたし、優ちゃんに家事を任せっきりで、自分じゃエプロンなんて使わないでしょう？　それで、会社の子が参考資料として用意してくれたのよ」

葉月が普段よりずっと早口なのは、やはり、相当に恥ずかしいせいだろう。必死に平静さを装う姿に、義母への愛おしさが募る。

「新製品……ああ、別衣装の？」

葉月の代表作の一つに、ウサギのキャラクターがある。これはぬいぐるみなど様々なグッズで展開されていて、毎年、ポーズや服装を変えたバージョンを商品化しているのだが、その候補の一つがエプロンだという。

「そうなの。普段は見るだけなんだけど、今日、優ちゃんのを借りてみて、やっぱり自分でも着たほうがいろいろ刺激を受けていいかなって思って」

葉月は言い訳じみたことを言いながら座っていた椅子から立ち上がり、つい数時間前と同じように、くるりとその場で一回転をして見せた。

（うわっ！　義母さん、見えてる！　全部見えちゃってるぅ！　僕のほうが刺激受けてどうするの！）

そのときと決定的に違うのは、エプロンの下の服装だ。先程はシャツとジーンズだったのに対し、今は下着のみ。童貞を卒業してまだ数日しか経っていない十八歳にとっては、あまりにも扇情的な光景だった。

「ど、どうかな？」

再び椅子に腰かけた義母は、顔のみならず全身を真っ赤に染め、上目遣いで聞いてきた。その羞じらう姿と濡れた瞳、エプロンを大きく盛り上げる胸の谷間、ほとんど丸見えのむっちりとした太腿に、優吾の肉棒が硬化する。

「凄く……凄く可愛いと思う……義母さんのエプロン姿」

軽く腰を引いて勃起を隠しつつ、正直に答える。

「かわ……っ!?」

この感想は想定外だったのか、葉月は目を見開き、すぐに恥ずかしげに顔を横に向けた。

「こ、こんなおばさんの、こんな格好を可愛いだなんて……もう、優ちゃんったら、もうっ」

よほど嬉しかったのだろう、葉月はますます赤くなった頬を両手で隠しながら、椅子の上でもじもじと女体を揺する。そのたびにエプロンの下に隠れたバストがぶるぶると揺れるものだから、優吾のペニスもさらに滾っていく。

(まずい、このままじゃ僕の理性が持たないっ。なにか気を逸らさないとっ)

そこで優吾が利用したのは、夜食だった。

「か、義母さん、夜食、冷めちゃうよ。あったかいうちに食べちゃって」

すると葉月は少し考えたのち、とんでもないことを提案してきた。

「……そうね。せっかくわたしのために作ってくれたんだものね。じゃあ、優ちゃん。ママにあーんして、食べさせてくれる?」

(もう、優ちゃんったら。なんでわたしが恥ずかしいの我慢してこんな格好したのか、わかってるでしょ? 凛が帰ってきちゃったから、そうそう二人きりでいちゃいちゃできないのよ?)

葉月が年甲斐もなくこのような格好をした理由は、言うまでもなく、優吾を誘惑するためだ。告白され、恋人となったものの、自分から誘うのはまだ抵抗が強い。できれば優吾から迫られたいがゆえの、エプロン誘惑だった。

もっとも、下着エプロンで自室に男を招いた時点で完全にすでに主導権を握っているに等しいのだが、この未亡人はその事実に気づいていない。

「あーんって、僕が？　義母さんに？」

「そう。たまにはママがしてもらってもいいでしょう？」

優吾がまだ小さな頃、熱を出したときなど、何度か食べさせてあげたことがあった。

（ホントはわたしが優ちゃんにしてあげたいけど、さすがに大人になったらもうさせてくれないだろうし。だったら逆にしてもらうしかないでしょう？）

葉月本人にしか通じない理屈ではあったが、しかし、優吾は素直に従ってくれた。スプーンに掬った汁をふーふーと冷ましたり、おにぎりも口元まで持ってきてくれたりと、とにかく甲斐甲斐しく、かつ、優しい。

（んふふ。息子に甘えるのがこんなに楽しいものだなんて、知らなかったわ。これ、今度から定期的に頼もうかしら？）

葉月を喜ばせているのは、息子の優しさだけではなかった。ちらちらと胸元や太腿に注がれる牡の視線が、母としてだけでなく、一人の女としての悦びも与えてくれるのだ。

（優ちゃん、ずっとへっぴり腰。股間のもっこり、全然隠せてないのに。ふふっ、

ママの下着エプロン、そんなにエッチなの？　いいわよ、わたしが夜食を食べ終えたら、次は優ちゃんがママを食べてちょうだい）

そんな淫らなことを考えていたせいか、うまく食べきれなかったおにぎりの米粒が、ぽろりと胸元に落ちてしまった。

「あん、落ちちゃった。ねえ優ちゃん、お口で取ってくれる？」

「く、口で!?」

「だって優ちゃん、両手塞がってるでしょう？」

優吾の右手はおにぎりを、左手は皿を持っている。無論、一度置けば済むだけの話だが、葉月も優吾も、そんな無粋なことは指摘しない。

「そ、そうだね。じゃあ……い、いただきます」

「召し上がれ……んっ」

バストの上部に落ちていた米粒が、優吾の唇と舌によって拾われる。一瞬触れただけなのに甘い声が漏れたのは、それだけ葉月の肢体が期待と興奮で敏感になっていた証拠だ。

（なんかこれ……イイ。凄く、イイ）

味を占めた葉月は、おにぎりを食べ終えたあと、今度は汁物の最後の一口をわざとこぼした。ぽたり、と汁が数滴、剝き出しの太腿に落ちる。

「熱っ」

実際は優吾がしっかり冷ましてくれていたので全然熱くはないのだが、敢えて大袈裟に言う。

「だ、大丈夫、義母さん？」

「平気だと思うけど……火傷してないか、見てくれる？」

そう言って葉月は、ただでさえ丈の短いエプロンを軽く捲り、太腿を露わにする。あと一センチ、いや、数ミリずらすだけでショーツが見えてしまうくらいのぎりぎりのラインを敢えて保つ。

（男の子は丸見えよりも、見えそうで見えないほうが興奮するのよね？　よく知らないけど）

ネットなどで学んだ真偽のあやふやな知識も駆使し、優吾を誘惑する。二度の結婚を経験した四十一歳の未亡人ではあるものの、葉月は実は、こういった方面の知識に疎いのだ。

「か、義母さん、その……見ただけじゃわからないから、触っても、いい？」

幸い、これが不器用な義母の誘いなのだと察した優吾が、葉月の思惑、そして期待どおりの反応をしてくれた。

「え、ええ、よろしくお願いね。……ンン」

興奮に鼻息を荒くした若い男の指が、汁の落ちた辺りをすす……と撫でる。たったそれだけのタッチなのに女体はびくびくと震え、エプロンの奥のショーツを淫らに濡らす。

（あっ、優ちゃんの触り方、凄くイヤらしいわ。これ、もう絶対にわかられちゃってる。ママが優ちゃんを誘うためにした演技だって、全部ばれちゃってる……！）

稚拙な誘惑が息子に見破られた気恥ずかしさの中、椅子に腰かけていた葉月の股が、徐々に開いていく。これは意識してのものではなく、女の、自然な反応だった。

「義母さん、どうやらここ、ちょっとだけ火傷してるかも。応急処置、するね」

そんな美熟女の露骨な痴態に煽られたのか、優吾もまた、稚拙な言い訳を口にすると同時に、葉月の太腿に舌を這わせてきた。

「はふうゥン！　あっ、あっ……ンンンッ」

少し前に胸にされたときとは明らかに異なる、男が女を悦ばせるための舌使いだった。先程落とした汁よりもずっと熱い舌が、汗ばみ出した柔肌をれろれろと舐め回す。

（ゆ、優ちゃんに舐められてる、ああっ、こんなはしたない格好で、息子にぺろぺろしてもらってるぅん！）

めくるめく初夜以降も二回優吾に抱かれたので、前戯はこれが初めてではない。乳房も秘所も太腿も、触られ、撫でられ、揉まれ、いじられ、舐められている。

だが、今回はそれらとはまた別種の昂ぶりがあった。

（ベッドじゃないから？　凛が家の中にいるから？　裸エプロンだから？　ああん、わからないわ、気持ちよくて、考えがまとまらない……ッ）

優吾の舌が蠢くたびに、思考までもが舐め取られていくかのように、意識が桃色に染まっていく。

「義母さん、まだ火傷したところ、痛い？」

たっぷりと太腿を舐め回したところで、優吾が股ぐらからそんな問いかけをしてきた。期待と欲望を宿した若い牡のまなざしに、子宮が熱を帯びる。

「そ、そうね、太腿は優ちゃんのぺろぺろのおかげで治ったけど……お、奥が少し、痛い、かも。汁が跳ねたのかも……」

苦しいにもほどがある言い訳で、太腿より奥へのペッティングを息子にねだる。さすがに自分でエプロンを捲り上げるのは恥ずかしくてできなかったので、代わりにさらに股を開き、優吾が顔を突っ込みやすくする。

（わ、わたし、母親なのに、未亡人なのに、義理とはいえ息子にこんな格好で、こんな淫らなおねだりするなんて……ああっ、恥ずかしい……ッ）

しかし、己の浅ましさや淫らさを意識すればするほどに背徳の興奮が高まるのもまた事実だった。

「それじゃあ、奥も調べるね」

（あんっ。優ちゃん、いきなりママのパンツを脱がしちゃうの？）

ショーツを下ろそうとした優吾に葉月は一瞬驚いたが、脱がしやすいようにと即座に尻を浮かす。もはや、そこに躊躇はない。

「ああ、義母さんのオマ×コ……！」

覆い隠すものは短いエプロンのみとなった股ぐらに、優吾が顔面を埋めてきた。そして躊躇なく、淫汁で濡れそぼっているであろう女陰に口づけし、熱い舌を這わせてくる。

（やだやだ、優ちゃんのエッチ！　そんないきなり、ママのお股に顔を突っ込むなんてぇ！）

　あまり喘ぐのもはしたないと、葉月は自らの小指を噛んで声を堪える。だが耐えられたのは、ものの数十秒だった。

「んひっ！　ひっ、ひあっ、あっ、ダメ、ダメよお……ああん、い、いきなりクリ、ぺろぺろとか、ずるいぃん！　あひっ、はっ、あっ、ダメ、ダメぇん、ママのおマメ、剝いちゃダメなのぉ……あっ、あっ、あっはァ！」

　包皮を剝かれたクリトリスを激しく舐め回されると同時に、膣口に指を挿れられ、たっぷりの愛液を湛えた膣道をまさぐられては、女の幸せを思い出したばかりの未亡人に抗う術などなかった。

（優ちゃんってば、もう、わたしのオマ×コを覚えちゃってる……ああん、そうよ、そこがわたしの、ママの弱いところぉ……あっ、あっ、イイ、気持ちイイ……ううっ、ダメ、敏感なところ、ぐにぐにしちゃダメぇ！）

　初体験のときのぎこちなさが嘘のように、優吾の舌や指の動きは目覚ましい進歩を見せていた。優吾の性格そのままの優しく、丁寧な愛撫に、葉月の花弁は早くも捲れ、秘口はひくつき、とろとろと愛蜜を分泌する。

「はっ、んっ、くっ……ひう……ッ！」

禁忌を越え恋仲となったとはいえ、母親としての意識が、はしたなく喘ぐことをよしとしない。さらに強く指を噛み締め嬌声を抑えようとする葉月に対し、優吾はむしろむきになって義母を責め立ててくる。

（こ、この子ったら、ママを本気で喘がせたいんだわ。ああん、意地悪……ママはあなたをそんなふうに育てた覚えはないのにぃ）

もちろん、こうして求められ、貪られるのを厭う気持ちなど一切ない。むしろ、若い男に迫られるのは、女の自尊心を心地よく刺激してくれる。

「くっ、ふっ、うぅぅン！　ああん、ダメ……ねえ、ねえ、ねえん……あぁぁ、ダメよ、ダメなの……そんなにわたしの弱いところばっかり、いじいじしちゃダメぇ……あっ……はあぁぁっ！」

四十一歳の義母が、十八歳の息子に媚びきった声を漏らす。椅子の上で腰をもぞもぞと揺らし、どんどん白濁していく愛液を垂らし、快楽に女体を震わせる。

（もっ、もうイク……イッちゃう……クンニでイク……イカされちゃう……ッ）

蜜壺を掻き回していた優吾の指を激しく締めつけながら、葉月はこの日初めての牝悦を迎えた。

（義母さん、イッたかな？　イッたよね？　僕、ちゃんと愛撫、できてるよね？）

両脚をぴーんと伸ばし、肢体を小刻みに痙攣させて荒い呼吸を繰り返す姿は、明らかにアクメ中の女の姿だ。だが、まだ経験が浅いことに加え自己評価が低い青年は、憧れの義母を本当に絶頂に導けたのか、なかなか確信が持てない。

（このあとは、どうしよう？　もしもイッてなかった場合を考えて、もう少し続けたほうがいいかな？）

自信が持てない上、慎重な性格の優吾がクンニ奉仕の続行を決めかけたそのとき、葉月が先に動いた。

「もう……わたし、もう若くないのよ？　そんなに連続でされたら、身体が持たないわよ」

再び陰唇と牝芽に舌を伸ばそうとした優吾の顔が、やんわりと押し返される。

「今度は、ママがしてあげる番。美味しいお夜食のお礼もまだだったしね」

そう言って妖艶に微笑んだ葉月は優吾を立たせると、義理の息子の前で跪く。なにをされるかを察しさらに反り返った若竿がパンツに引っかかり、葉月は少し苦労しつつも優吾の下半身を剝いた。

（ああ、義母さんの綺麗な顔のすぐ目の前に僕のチ×ポがある……っ）

ぱんぱんに膨れ上がっているにもかかわらず、まだ包皮が完全には露出しきっていない恥ずかしさと、そんなペニスを愛しい女性がうっとりとした目で見つめている嬉しさとに、腰が勝手に揺れ始める。

「そんなにせっつかなくても、ちゃあんとお口でしてあげるわよ」

「ち、違うよ、僕はせっついてなんて」

「うふふ、冗談よ。……でもわたしのお口、気持ちイイ？　ママ、あんまり経験ないから、自信ないのよ」

「一昨日初めてしてくれたときも義母さん、同じこと言ったけど……僕、腰が抜けそうなくらいに気持ちよかったよ？」

この言葉は真実だ。油断すれば、いつ暴発しても不思議ないほどの快感を思い出し、優吾の肉棒がびくびくと義母の眼前で跳ね上がる。

「それなら……うん、ママ、今日も頑張っちゃう。可愛い優ちゃんのため、いっぱいオチン×ン、ぺろぺろしてあげるわね。……ちゅっ」

「あうッ」

期待に震えるペニスの根元を手で押さえた葉月が、包皮から半分だけ顔を出した亀頭にキスをする。憧れの人の唇を己の先走り汁で汚す申し訳なさすらも、若い牡には昂ぶりとなる。

「ちゅ、ちゅ、ちゅっ……はむっ」

何度か縦割りをついばんだあと、葉月はぱくりと亀頭を包皮ごと咥えた。そして口の中で舌を使い、被っていた皮を剝き上げる。

(嘘!? 義母さん、口の中で、べろで僕の皮を剝いてくれてるの!?)

フェラチオされた経験すらまだ片手で足りるほどなのに、そこでこんな淫らなテクニックを繰り出されたことに優吾は驚く。手で剝かれたときも感動したが、これはそれ以上の衝撃だった。

「か、義母さん、凄いよ……ああ、気持ちイイ……くっ、うっ、ううぅっ」

あまり経験がないと本人が言っていたのが信じられないほどの快感が、粘膜を通して伝わってくる。

「んふふ……はむン、ちゅ、ぷちゅ、くちゅ……ちゅぷ、じゅっ、ちゅっ、ぷじゅっ、ずじゅじゅっ」

優吾の言葉を聞いて嬉しそうに目を細めた美母は、より息子を悦ばせようと舌の動きを加速させる。さらに深く肉筒を咥え込み、卑猥な水音を響かせ、淫らに、けれど丁寧な舌使いで優吾を呻かせた。

「ぐっ、うぐっ、義母さん、そんなにされたら僕、我慢できないよお」

葉月の愛情たっぷりの肉棒奉仕に、優吾の膝ががくがくと揺れ出す。立っているだけでも精一杯なほどの甘美な愉悦が、間断なく屹立を襲う。

（まずい、このままじゃ、義母さんの口の中に出しちゃう！）

たとえ口内で暴発しても、この優しい義母はきっと許してくれるだろう。あるいは、白濁汁を嚥下すらしてくれるかもしれない。確かにそれは魅力的に思えたが、今は我慢するときだと己を戒める。

（そこまで義母さんに甘えるわけにはいかないよっ。僕だってもう成人した男なんだ、ちゃんと好きな人をリードできるようにならなくっちゃ！）

優吾は歯を食いしばり、両手の拳を握り締め、必死になって快楽を堪える。その甲斐あってか、葉月のほうが先に音を上げた。どうやら、顎が限界を迎えたらしい。

「ごめんね優ちゃん。やっぱり、ママのお口じゃあんまり気持ちよくなかった？」

少しだけ悲しげな表情になった葉月に、優吾は慌てて必死に我慢していた事実とその理由を伝える。

「そうなの？　よかった。ママばっかり気持ちよくしてもらってたんじゃ、不公平だものね。……ふう、安心したら暑くなってきちゃった」

安堵した様子の葉月は背中に両手を回すと、そのたわわなバストを包んでいたブラを外した。解放された乳房の上部とサイドがエプロンからはみ出して見えるのがやけにエロティックで、優吾の目が釘付けとなる。

（うわぁ、丸見えよりエッチかも。あ、エプロンにちょっと乳首が透けてるっ）

他にはなにも身に着けていない、完全な裸エプロンというだけでもたまらなく扇情的なのに、クンニアクメとフェラチオ奉仕でじっとりと汗ばんだ女体がいっそう淫猥さを強調する。

（汗だくの義母さんって、なんでこんなに色っぽいんだろう。……あっ）

汗で濡れ光る裸エプロンの未亡人は、ここでゆっくりと黒髪を搔き上げた。明らかに優吾の視線を意識した、腋とうなじをアピールする、あざとくも艶めかしい動作だった。

（か、義母さん、また僕を誘惑してっ。ああっ、こんなの見せられたらたまんないってのに！）

今すぐにでも葉月を押し倒し、先程まで舐り回していた女陰を怒張で貫きたいが、ここは仕事部屋だ。すなわち、ベッドがない。義母の寝室以外で経験がない優吾は、これから先、どうしたらいいのかと悩む。

「ね、優ちゃん……このあとはどうしたい？」

そんな優吾の逡巡を見抜いたのか、葉月が囁くような声で尋ねてきた。潤んだ瞳と、汗で頬に髪を張りつけた横顔が悩ましい。

「ど、どうって……」

もちろん優吾の願いなど一つしかないが、さすがにストレートに言葉にするのはどうかと逡巡していると、義母は再度、助け船を出してくる。

「ご飯？　お風呂？　それとも……マ・マ？」

羞じらいと昂ぶりが入り混じった声と表情でそう聞いてくる裸エプロンの恋人への答えなど、考えるまでもなかった。

（ああん、言っちゃった。あんなセリフ、新婚時代だって使ったことないのに。使おうなんて考えたこともないのに）

葉月は激しく脈打つ己の心音を聞きながら、顔がかあっと熱くなるのを感じていた。耳の先まで赤くなっているのは恥ずかしい言葉を口にしただけでなく、愛する息子から「もちろん、義母さんだよ！」と力強く言われた影響が大きい。

（でも、優ちゃんにあんなふうに言われたの、嬉しい。他の選択肢なんてないってわかってても、凄く、すっごくどきどきしちゃう……っ）

若い恋人に求められる幸福感と、これから始まる淫らな行為への期待感に、ますます血の巡りがよくなる。四十一歳の白い肌はすっかり桜色に染まり、エプロンにははっきりと、勃起した乳首が浮き上がっていた。

（この格好でエッチするって思ったら、また恥ずかしくなってきちゃった。いっそ脱いじゃう？　ううん、ダメ。優ちゃんが喜んでくれてるんだもの。母として、恋人として、最後まで裸エプロンのままでいなくっちゃ）

奇妙な使命感を胸に、葉月はゆっくりと立ち上がる。そしてくるりと半回転し、優吾に背中を晒す。薄い汗の膜が張った背中やむっちりとした尻を隠すものは、僅かにエプロンの腰紐だけだ。

「……っ！」

未亡人の限りなく裸に近い後ろ姿を見た優吾が、息を呑むのがわかった。と同時に、剝き出しの肌に強い牡の視線を感じる。

（優ちゃん、すっごく見てる。ママの裸エプロンがいいの？　丸出しの背中やお尻がそんなに好きなの？）

自分では見られない場所だからこそ、好きな男の視線は恥ずかしくもあり、誇らしくもあった。知らず尻が左右に揺れ、視線を誘う動きをしてしまう。

「優ちゃんはもう、我慢できないでしょう？　そんなにおっきくしちゃってるんだもの」

肩越しに優吾の股間を見つめると、ついさっきまで葉月が咥え、丹念に舌を這わせてしっかりと硬くした屹立の先端が、雄々しく天井を向いていた。

「うん、ごめんなさい。義母さんが魅力的すぎて、僕、これ以上は待てないよ」

（はうっ！　ま、またそんな、ママをきゅんきゅんさせるようなこと言って……！　優ちゃんってば、どこまでわたしを夢中にさせるつもりなのよぉ）

息子のストレートな言葉に、長い独り身生活ですっかり寂しがりになった子宮が疼き出す。もう待てないという気持ちは、むしろ葉月のほうが強い。

「寝室に行くのも無理みたいね。だったら……ここで、しちゃう？　こうすれば、お布団なくてもできるでしょう？」

葉月は壁に両手をつくと、そのまま背後の優吾に向かってぐっと尻を突き出した。これ以上なく露骨な背面立位、いわゆる立ちバックへの誘いだった。

（どう？　この格好なら、優ちゃんが主導権を握れるわよ。ママ、知ってるんだ

から。あなたがまだ女の扱いに自信が持てないでいるの）

実は葉月は、立ちバックでの経験はなかった。にもかかわらず自らこうした誘いをかけたのは、優吾に男としての自信を与えたいがためだった。

（優ちゃんは子供の頃から、いつも控え目な性格だった。凛と比較され続けてきたせいだろうけど、あなたはもっと自信を持っていいの。四十超えの未亡人をこんなにめろめろにした、立派な男の子なんだから……！）

ベッドでしか経験がない優吾は明らかに躊躇していたが、目の前に差し出された濡れた秘所に引き寄せられるように、ついに葉月の背後にやって来た。

（あっ、来る、来る、来ちゃう、オチン×ン、挿れられちゃうっ）

口で散々味わった若杭が、いよいよ膣穴へとあてがわれた。剛直を欲してさらに淫蜜を溢れさせた媚洞に亀頭が押し当てられ、そして侵入を開始する。

「ンンッ！　優、ちゃ……あっ……ふっ、ふーっ、ふー……っ！」

想像や期待を上回る快感に、葉月の女体が小刻みに震える。後背位で優吾と繋がったことはあったが、そのときとはまた異なる角度での挿入に、新鮮な刺激が全身を包む。

「うあっ、あっ、義母さんの中、凄いよっ。わわっ、うねるっ、締まる……！」

それは優吾も同じなのか、まるで童貞卒業のときを彷彿とさせる、ぎこちない挿入だった。

「ああん、オチン×ン、がちがちぃン！　ママのオマ×コ、上に持ち上げられてるみたいよぉ……くっ、んん、深いぃ……奥まで、届いてるぅン……！」

若干時間はかかったものの、ついに肉棒が膣道を埋め尽くした。熱くて硬くて太いペニスに女の穴をみっちりと塞がれる充足感に、美母の脚が勝手に左右に広がっていく。けれど、優吾は挿入しただけで動き始めない。

「義母さん、この格好、窮屈？　どこか痛くない？」

どうしたのかと振り返ると、股が開いたのを姿勢が苦しいと勘違いした優吾と目が合った。こんなときでも相手への思い遣りを忘れない優しさに感動しつつも、早く突いて欲しい葉月は、少し焦れた声を発してしまう。

「ええ、大丈夫よ。ママ、こう見えても身体は柔らかいの。だから優ちゃんは気にせず、思い切りしてちょうだい」

「……うん、わかった。じゃあ、大好きな母さんを思う存分、味わわせてもらうね」

ヨガに付き合ってくれた優吾は当然、母の身体がむしろ硬いことを知っているはずだ。しかしそれを指摘したりはせず、力強いピストンで葉月の気持ちに応えてくれた。

「あっ……あはああぁっ！」

待ちに待った抽送は、いきなり未亡人の最奥を揺らした。出産経験のある子宮を、実の娘よりも歳下の義理の息子に小突かれる愉悦に、甲高い声を上げる。

「い、いきなり、一番深いところぉ……！　ダメ、そこ、ママの急所なの、優ちゃんはもう、知ってるでしょうにぃ……ああっ、イヤ、イヤ、奥、とんとんダメ、オチ×ポで子宮をノックするの、ずるいぃン！」

予測以上の鮮烈な快楽に、全身の毛穴から汗が噴き出る。特に、優吾の目の前に曝け出された背中や腰、そして尻にはびっしりと汗の珠が浮き上がっていた。

「義母さんのオマ×コ、今日も気持ちイイよっ。すっごくキツいのに、ぬるぬるで、チ×ポを絞るみたいにねじれて……！」

「やあっ、い、言わないでっ、ママのオマ×コ、実況しちゃイヤーっ！」

己の蜜壺が今、どれだけ淫らに蠢いているのかを知らされる恥辱に、葉月はぶんぶんと顔を振る。そのたびに黒髪が舞い、汗だくの肌に張りつき、ぞっとするほどの色気を纏う。無論、葉月自身には見えてないのだが、

「義母さん……！」

立ちバックスタイルで義母を貫いている優吾を煽るには、充分な光景だった。

（あぁっ！　動きが速くなった⁉　嘘っ、今でも凄いのに……あっ、あっ、奥、叩かれてる、今夜の優ちゃんオチ×ポ、いつもより暴れん坊よぉ！）

エプロン一枚だけを身に纏った妖艶な熟女が、豊満な女体を差し出すような淫猥な格好で身悶える。そんな痴態を前に、女を知ったばかりの若くて健康な男が滾らないわけがなかった。

「ひっ、ひっ、ひんンッ！　んあっ、あっ、待っ、あっ、あああぁっ！　あっ、そこ、そこ深いのっ、ママの、一番奥なのぉっ！　はほおっ！」

動き始めた直後こそ初めての体位で不慣れだったのか、もしくは葉月を気遣っていたのか、振幅も狭く、回転数も低かったピストンが、急に強く、速く、激しくなってきた。

「うん、わかってる。義母さんはここが好きなんだよね？　この奥を、ぐりぐりされると気持ちイイんだよね？」

「ヒィッ⁉　やあぁっ、ダメぇ、子宮、ぐりんぐりんしちゃらめぇっ！」

余裕が出てきたのだろう、優吾がここで初めて、突きに変化をつけてきた。亀頭で子宮口リングをこね回すように抉られた刹那、葉月の全身に電流のごとき快感が駆ける。

（な、なに今のぉ……奥をいじめられた瞬間、すっごいのが来たのぉ……！）

体位が違えば刺激も変わるのか、これまで経験したことのない感覚だった。尾てい骨から脳天に突き抜けるかのごとき鮮烈な法悦に、両脚が勝手につま先立ちになる。

「ここ？　それとももっと奥？」

そんな痴態を目の当たりにした優吾は葉月の腰を両手でぐっと掴むと、さらに抽送を加速させてきた。己の欲望に煽られたというよりも、大好きな義母をもっと感じさせたい、悦ばせたい一心からの責めだった。

「はうッ！　ダメ、どっちも、どっちも気持ちイイッ！　ああっ、やあっ、イヤ、そんなっ、ダメ、ママ、イッちゃう、そこ、いじめられたら、すぐにイッちゃう！　アッ、アーッ！」

初めての体位で熟女を絶頂させたとあれば、経験の少ない優吾にとって自信となるはずだ。それこそが狙いであったにもかかわらず、葉月は腰を逃がした。快楽に溺れた自分がどれほどの痴態を晒すか、怖くなったせいである。

「いいよ、イッて！　僕に義母さんのイクところ、見せて！」

しかし、そうした葉月の抗いは完全に逆効果だった。已が今、美しい獲物を追い詰めているのだと悟った若い獣はますます猛り、未亡人の最奥を荒々しく狙い撃ちしてくる。

（優ちゃん、鬼畜っ。ママに本気で恥を掻かせる気なのね!?　ああっ、イッちゃうから！　あなたの前で、思い切りアクメしちゃうんだからぁ！）

もはや抵抗は無駄と悟った葉月は、自ら優吾の突きに合わせて尻を振った。本能が求めるまま快楽を貪る、牝の腰振りだった。

「義母さん、義母さん……!!」

そんな義母の恥知らずな姿に応え、優吾は遮二無二に勃起を蜜壺へと叩き込んでくる。テクニックなどなにもない、ただただ女を屈服させるための抽送は、しかし、熟れた女体には最も効果的な責めだった。

「あうッ！　ダメっ、ああっ、凄いのぉ、はっ、はおっ、深いろっ、そこ、オマ×コの行き止まりらのぉ！」

激しいピストンのたびに、エプロンでかろうじて隠された豊乳が重たげに揺れ、全身に浮いた汗が飛び散る。身体を支える手は壁を引っ掻き、大きく開いた両脚はもうずっと、ぴんと伸びたままだ。

「ひっ、ひっ、ひんっ！　イク、イク、イクわ、ああっ、ママ、イク、イッひゃうぅーっ！　あっ、イクイクイクイグ……イッグ……ぅ……ッ!!」

そしてついに、葉月はオルガスムスの頂に至った。かつての夫たちともしたことがない体位での、初めての絶頂だった。

（ああん、気持ちイイ……年甲斐もなくこんな格好した甲斐、あったかもぉ）

びくびくと震えるたびに恥ずかしさを堪えて着用したエプロンのフリルが翻るのをぼんやりと眺めながら、アクメの余韻を味わう。だが、葉月は失念していた。己を貫く恋人がまだ、達していないことを。

「義母さん、こっち向いて」

「え……？」

言われるまま振り向くと、優吾に顎を掴まれた。

「ああ、義母さんのイッてる顔、やっぱり綺麗だよ。たまんないよっ」

興奮に声を上擦らせた息子がじっと見つめているのが己の蕩けた絶頂顔だと気づいた瞬間、葉月を猛烈な羞恥が襲う。慌てて顔を背けようとしたが、顎を掴まれているため、優吾の視線から逃げられない。

（えっ。嘘。オチ×ポ、びっくんびっくんしてる。まさか、わたしのイキ顔で興奮しているの？　こんなだらしのない、はしたない顔で？）

オルガスムス直後で鋭敏になっている膣襞が、怒張の張り具合をはっきりと捉える。女の最も無防備で、最も浅ましい表情を至近距離で視姦されているのはたまらなくつらいが、それと同じくらいの嬉しさもあった。

「ダメ……見ちゃダメぇ……ああん、こんなみっともないお顔、あなたにだけは見られたくないのよぉ」

そのせいだろう、拒絶の言葉に、隠しきれない媚びが混じる。羞じらいに耳の先まで真っ赤にしているくせに、勝手に口が開き、舌が伸びる。義母のそんなおねだりに応えて、優吾はすぐに唇を奪い、舌を絡めてくれた。

「んむ……ちゅ……ぷちゅ……はむン、んっ、んむ……くちゅン」

やや苦しい姿勢ではあったが、若い恋人とのディープキスを中断したくない一心で身体をねじり、吸われた舌を淫らにくねらせる。

（こんな格好でキスしたことなんて、初めて。キツいけど、興奮しちゃう。立ったまま、バックから犯されながらキスするの、たまんない……ッ）

先程のエクスタシーの余韻の中での濃厚な接吻。これだけでも充分すぎるほどに幸せであったが、もちろん、この先こそが本番だった。葉月のイキ顔でより発情した優吾が、いよいよ本気のピストンを始めたのだ。

「んほおっ⁉　ほっ、おっ、はほおおっ‼」

身も心も籠絡された四十一歳の口が、生々しい牝の声を発する。貪るようなキスですっかり蕩けた舌がだらしなく口からはみ出し、涎すら垂れそうになる。

（や、やだっ、わたし、なんて声を……！）

自身の淫猥な嬌声に、葉月は慌てて唇を噛む。が、閉じた口に突然、なにかがねじ込まれた。優吾の指だった。

「我慢しないで。僕、義母さんのエッチな声、もっと聞きたい。本気で感じてる声、もっともっと聞かせてっ」

三本の指でつままれた舌が口の外に引っ張り出された。

（な……なにをしてるのっ。ああっ、やだやだ、べろ、引っ張っちゃダメぇ！涎、垂れちゃう……恥ずかしいってばぁ！）

歯医者以外で誰かに口腔内をまさぐられた経験など一度もない葉月の困惑をよそに、背後の優吾の突きが猛々しさを増す。舌を指先で、子宮を鈴口で同時に嬲られるという未知の責めに、熟れた女体が再び上昇を開始する。

「ほっ、おっ、んおおっ！　らめっ、んおっ、べろは、りゃめぇ！」

せめて舌嬲りだけでもやめて欲しいと訴えるが、義母の抵抗は逆に若い獣を煽り、さらに抽送を速める結果を招く。

(見ないで、ママの、こんなぐしゃぐしゃの顔、見ちゃやだぁ！)

汗と涙と涎にまみれ、舌を引っ張り出され、愉悦に緩みきった顔を愛しい恋人に見つめられる。それは葉月にとって、耐え難いほどに恥ずかしかった。だが、

「ああ、義母さん、綺麗だよ。美人の義母さんが感じてる顔は、最高に綺麗で、たまんないよ……！」

感動した面持ちでそう称賛してくれる優吾のセリフが、羞恥以外の感情も与えてくれるのだ。

(ホントに？　ホントに今のわたし、綺麗って思ってくれてるの？　汗だくで、とろとろに蕩けて、涎垂らしてるママ、綺麗？　こんなわたしでもいいの？　愛してくれるの？)

自分に向けられる真摯で、かつ情欲のこもったまなざしと、膣内で禍々しいほどに反り返ったペニス、そして凶暴なまでのピストン。そのすべてが、優吾の言葉が真実であると示していた。

「ひゃめ、ひゃめ、ひゃめぇん！　やあぁっ、あっ、やらっ、あっ、優ひゃん、ひろいっ！　おひっ、ひんっ、ああっ、ひゃめ、ママにょお顔、見ちゃらめぇっ！　おっ、ほっ、ほおおオン!!」

舌を玩ばれたまま、葉月は再びのオルガスムスに向けて一気に昇っていく。けれど、優吾はそんな未亡人以上に急激に昂ぶっていた。舌を捕捉されているせいで逸らせない義母の蕩け顔を視姦しつつ、強烈な突きを女壺に叩き込んでくる。

（ダメ、ダメ、ママのこんなお顔をオカズにオマ×コごんごんするなんて、鬼畜よっ。ああっ、ひどい、なんて意地悪な優ちゃん……ッ）

うまく喋れないので心の中で義理の息子を罵るが、無論、本気で腹を立ててなどいない。むしろ、普段物静かな優吾が見せてくれた男の、牡の猛々しい一面に心と子宮が疼いてたまらないくらいだ。

「んおっ、ほっ、おひぃっ！　りゃめっ、おっ、イク、イグ、ママ、まらイグぅン！　ふひっ、ひっ、ひぃぃィッ！」

嚥下できない唾液がだらだらと溢れ、優吾の手を汚すのがたまらなく申し訳ない。しかし優吾は気にするどころか、むしろ嬉々として葉月の舌粘膜を嬲り、ぱんぱんに膨張した亀頭で牝洞を抉ってくる。

「義母さん、僕もイクよ、出すよっ！」

唇が耳たぶに触れるほどの至近距離で中出し宣言をされた刹那、膣穴が窄まり、子宮の位置が限界まで降下した。愛しい男の子種を一滴残らず受け止めようとする、女の反応だった。

（来て、来て！　わたしの一番大事なお部屋に、あなたのお精子、たっぷり出してぇ！）

優吾の指を頬張り、舌を這わせながら、汗で妖しく濡れ光る尻を振り、浅ましく精をねだる。未亡人が夫以外の男に、母が息子に見せてはならない、あまりにも淫猥極まる姿を前に、いよいよ優吾が最後の瞬間を迎えた。

「ぐっ……ぐううゥッ……義母さん……！」

あれほど激しかった腰が止まると同時に、凄まじい勢いの放出が始まった。

「アアアァァッ！　アーッ、アァーッ!!」

灼熱のザーメン爆撃に、葉月は連続アクメに至る。すでに限界間際まで追い詰められていた女体への容赦ない膣内射精に、葉月の震えが止まらない。

（あああ、染みるの、オマ×コに、子宮にザーメンが染みるのぉ！　さっきイッたばかりなのにぃ！　これダメ、絶対にダメになるぅ！　あっ、あっ、もう無理い！　わたしのオマ×コ、バカになっちゃうぅ!!）

真っ白に泡立った本気汁で床を、大量の涎で優吾の指を汚しつつ、両脚をぴーんと伸ばしきった格好で、法悦を極める。あまりの快感に遠のきかける意識を、いっこうに止まる気配のない射精が何度も呼び戻す。

「んおっ、おほっ、ほっ、ははおオッ……！」

肉欲に堕ちきった淫猥な顔を息子に視姦されたまま、美貌の熟女デザイナーは牝獣のごとき声を上げて痙攣を繰り返す。そのたびにエプロンでかろうじて隠された柔乳がだぷだぷと揺れる。

（まだ出てる……ああっ、そんなに注がれたら、ママの子宮、あなたのミルクで溢れちゃうわよぉ……あっ、あっ、イク……優ちゃんオチ×ポでママ、また恥を掻いちゃう……ッ）

顔面を視線で、膣内を白濁汁で犯された葉月は、優吾の下腹部にイキ潮を噴き出しながら、もう何度目かもわからないオルガスムスに達するのだった。

「ふふっ、優ちゃんとお風呂なんて、いつ以来かしらね。五年ぶりくらい？」

「いやいや、そんなわけないでしょ。十何年も前だよ」

「あら、そうだった？　でも嬉しいわ。こうしてまた優ちゃんと一緒に入れるなんて、夢みたい」

仕事場での激しい情事のあと、優吾と葉月は、久々に母子で入浴していた。優吾は一人ずつシャワーを浴びればいいと考えていたのだが、葉月が一緒の入浴を強く希望したためだ。

「こんなふうに義母さんとお風呂に入れるなんて、僕も凄く嬉しいよ」

追い焚きした湯船に向かい合って浸かりながら、優吾は照れつつも微笑む。

「ホント？　記憶の中の若い頃のママと比べて、がっかりしてない？」

「まさか。義母さんは昔も今も、最高に綺麗で素敵な女性だよ」

「ふうん。ということは優ちゃん、昔のわたしの裸、まだ覚えてるんだ？」

悪戯っぽい笑みを浮かべた葉月が、上目遣いに優吾を見つめる。

「う……うん。だって、女の人の裸があんなに綺麗だなんて、知らなかったし」

さすがに今となっては当時の葉月の裸身を克明に思い出すことはできない。それでも、幼心に刻まれたインパクトは現在もまったく色褪せていない。

「もう、優ちゃんったら。あんなにわたしをめろめろのとろとろにしたばかりなのに、またそんな嬉しいセリフをプレゼントするなんて」

そう言って葉月は、さわさわと優吾のすねを撫でてくる。

（なんかこれ、すっごく恋人っぽい。気恥ずかしいけど、めちゃくちゃ嬉しい。どきどきする）

理想を言えば、このまま浴室でも義母を求めたいところだが、凛に見つかったら家庭崩壊しかねない。今日は裸エプロンも拝めた上、こうして十数年ぶりに二人で入浴もできたのだから、これ以上を望むのは贅沢だと自分に言い聞かせる。

「ところで義母さん、僕にあの質問してきたとき、もしご飯とかお風呂って答えたら、どうするつもりだったの？」

あの質問とはもちろん、「ご飯にする？　お風呂にする？　それとも……マ・マ？」である。

「ご飯って言われたら、ママの女体を召し上がれって差し出そうかなって。お風呂だったら、こんなふうに一緒に入ればいいだけだし」

葉月はこともなげに答える。

「お風呂はわかるけど、義母さんを召し上がれって……」

「だってほら、さっきのお夜食もだけど、優ちゃんにいっつもママたちのご飯、作ってもらってばかりでしょう？　たまには恩返ししてあげたいなって。でもお料理の腕じゃ敵わないから、わたし自身を食べてもらえばって思っただけよ」

「恩返しなんて必要ないよ。僕は義母さんや義姉さんが自分の作ったものを美味しく食べてくれるだけで嬉しいんだから」

大好きな義母と義姉の喜びは、マザコンかつシスコンの青年にとっての幸せだ。葉月と凛の世話を苦痛だと思ったことはただの一度もない。そう伝えると、

「もう、優ちゃんってば、ホントによくできた息子だわっ」

葉月が突然抱きつき、頬にキスの雨を降らせてきた。

「か、義母さん!?」

驚きつつも、嬉しさに顔が緩むのを止められない。もちろん、唇だけでなく、巨大かつ柔らかなバストの感触もしっかりと味わっておく。

(ああ、義母さんとまたこんなふうにお風呂に入れる日が来るなんて。幸せすぎて、逆にちょっと怖いかも)

このとき抱いた漠然とした不安が現実になるとも知らず、優吾は目の前に差し出された葉月の唇に、そっとキスをした。

第三章　（ママがいない今しかチャンスがないから）セクシースリップでマッサージをねだる義姉

「優吾、いる？」

大学の入学式が迫った四月上旬の夜、キッチンで翌朝の料理の仕込みをしていた優吾の元に、バスタオル一枚だけを身体に巻きつけた凛がやって来た。

「うわわっ、義姉さん、なんて格好してるの⁉」

「なに慌ててるのよ。私の裸なんて見慣れてるでしょ？　ちょっと前までは一緒にお風呂だって入ってたんだから」

「いつの話⁉」

これと似た会話を最近葉月ともしたな、などと思いつつ、優吾はちらちらちらと凛の半裸身に目を走らせる。

「お前が希望するなら、一緒に入ってあげてもいいけど？」

血が繋がっていないとはいえ、長年家族として同じ屋根の下で暮らしてきた義弟が自分に性的な視線を向けているなどとは夢にも思っていないのか、凛はまったく身体を隠す素振りを見せない。

「か、からかわないでよ、もう」

引き締まった肢体と長い手脚、整った顔立ちとぴんと背筋の伸びた姿勢は、優吾にモデルを彷彿とさせる。そのくせ、タオルを巻かれたバストの膨らみは葉月譲りなのかかなり豊かで、ブラはGカップだった。

「からかってなんかないわよ。……なんなら今すぐでもかまわないけど？」

（あれ？）

普段、優吾をからかうときとは違い、凛の顔は笑っていなかった。特に、目が妙に真剣だった。

「私と一緒に入りたくなったら言いなさい。背中くらい、流してあげるし」

「……うん」

下手に断っても凛の機嫌を害すると考えた優吾は、数秒迷ったのち、そう答える。もちろん、頼むことはないだろうとは理解している。その一方で、大好きな姉とまた二人で入浴できたらいいな、などと妄想している自分もいるのだ。

（ああ、僕はなんて強欲なんだ。ついこのあいだ、義母さんとお風呂に入ったばっかりだってのに）

一糸纏わぬ義母の濡れた肌を思い出し、優吾の頬が一瞬緩んだその刹那、

「ねえ優吾。お前、今、なにを……ううん、誰のことを考えてたの？」

目の前の義姉から鋭い視線を向けられた。

「えっ!? べ、べべ、別になんにも考えてないよ!? なんでそう思ったの？」

「弟の思考くらい、姉はだいたい読めるのよ」

凛はふふん、と笑うと、両手を腰に当て、誇らしげに胸を張る。その拍子に身体に巻いていたタオルが少し下にずれ、膨らみの露出面積がさらに増す。思わずバストに向いた優吾の視線に気づいたのか、凛が悪戯っぽく目を細める。

「たとえば今、お前はお姉ちゃんのおっぱいを見たいなって思ってるでしょ？」

「ごご、ごめっ、あの、そのっ」

「ふふっ、別にかまわないわよ」

てっきり怒られる、あるいは軽蔑されると焦る優吾に対し、凛は妙に楽しげだ。

義弟に見られていたとわかっているにもかかわらず、ずれたタオルを直すことも、

胸元を隠すこともしない。逆に、

「姉のおっぱいを弟が見たいと思うのは当然、ううん、義務なわけだし」

などと、意味不明の言葉まで発してきた。

「確かに現時点では少し負けてるけど？　でもほら、こっちはあっちの半分の年齢なわけだし、もうちょっと伸び代はあると思うのよね、私」

凛はなぜか自分の胸の辺りを触りつつ、うんうんと頷いている。

（こっち？　あっち？　なんの話？）

「まあ、そこら辺は追い追いわからせてあげるとして……一段落ついたら、私の部屋に来なさい。ちょっと頼みがあるの」

次々と飛び出す理解不能の発言に首を傾げている優吾にそう命じると、こちらの返事を聞く前に凛は足早にキッチンを去って行った。

（着替え着替えっ。あの子が来る前に全部の準備、整えておかなくっちゃ！）

急いで自室に戻った凛は巻いていたバスタオルをベッドに放り投げると、あらかじめ用意しておいた勝負服を着る。

（ど、どうかな？　わざとらしくないかな？　がっつきすぎてる感が前に出すぎて、引かれたりしないかな？）

勝負服と言っても、極端に派手であったり、際どいデザインではない。これは普段の室内着、もしくは寝間着なのだと、弟に、そして自分に言い訳できるぎりぎりのラインを攻めた服装だ。

（普通のキャミワンピって言い張れば大丈夫、よね？）

今、凛が着ているのはロング丈のスリップ、つまりは下着だ。

（うん、遠目なら透けてない。大丈夫。透け透けだと、露骨すぎるもんね）

まさか実の母も同じようにキャミソールで優吾を誘惑していたとも知らず、凛は鏡の前でのチェックを繰り返す。狙うは、「全然その気はないけれど、結果的に誘惑しちゃっていた」ラインだ。

（今夜こそ、決める。絶対に手を出させる。既成事実を作ってやる……！）

本来、このセクシースリップは来週の両親の再婚記念日、すなわち自分と優吾が姉弟になった記念日に使う予定だった。そこで可愛い義弟を誘惑し、告白させる……そんな計画を凛は何年も前から立てていたのだ。

（まさか私が家を空けてる隙に、ママに先を越されるなんて思わなかったし！）

葉月も優吾に恋愛感情を持っているのでは、とは薄々気づいていた。最大のライバルになるかも、とも危惧していた反面、行動を起こすとしてもまだまだ先だろうと高を括っていたのだ。

(多分ママも私と同じで、優吾が大人になるタイミングを待ち構えてたんだ)

大切な記念日をXデーと設定した凛に対し、高校卒業をゴール、あるいはスタートとした葉月との差が、現在の母娘の違いを生んでいた。

(私もいるのにお風呂場で始めるとか、なに考えてるのかしら、あの人)

優吾と葉月が一緒に入浴している現場に遭遇したのが、自分の出遅れに気づいたきっかけだった。中に踏み込んで二人を問い詰めることも考えたが、断念。

(だって、二人のあんなに幸せそうな姿見たら邪魔できないし。それに……)

あの場に乱入できなかった最大の理由は、凛が二人の始めた淫らな行為につい、見入ってしまったせいだ。キスも知らないブラコン処女にとってその光景は、悔しさと同時に、凄まじい興奮ももたらした。

(私、覗き見しながら、ちょっとどきどきしちゃったし。しかもあのあと、二人の様子を思い出して一人でしちゃったし)

実母に先を越された悔しさや、自分以外の女に童貞を捧げた義弟への怒り以上に、凛は昂ぶった。

「でも、それも今夜で全部おしまい。一気に決めて、今度はママが私を羨む番よ」

声に出したのは、己に言い聞かせ、決意を固めるためだ。そうでもしなければ、これからする行為への不安と恐怖に冷静さを保てなくなる予感があった。

（大丈夫。予習は完璧。しかも、相手は優吾。私の可愛い弟。いざとなれば泣いて頼み込めば、絶対にあの子は私を見捨てたりしない）

最悪の事態、すなわち優吾に拒まれた場合の対策もある。もっとも、弟に泣きつくのを対策と呼んでいいのであれば、だが。

（落ち着いて、私。優吾が私を好きなのは確実。ママより好きかまではわからないけど、少なくとも、私を女として意識してるのは間違いないんだから……！）

直接的な誘惑こそ今回が初めてとなるが、この数年、凛は地道に、確実に種を蒔いてきた。それをしっかり収穫すればいいだけなのだ。

（まあ、今夜は私が優吾に種を蒔かれちゃうかもだし）

清楚な外見とは裏腹な下品な妄想をしたそのとき、ついにドアがノックされた。

「入って」

「頼みってなに、義姉さん。……え？」

部屋に入った優吾は、ベッドに座る姉の服装を見て目を丸くした。そして気まずそうに視線を逸らしたものの、すぐにまたちらちらとこちらを見てくる。

（んふふ、出だしは上々ってところね）

愛しい弟の目を惹くことができたと、まずは安堵する。しかし、本当の勝負は ここからだと重々承知している凛は、油断などしない。

「実はちょっと肩、捻っちゃったみたいで、腕が上がらないの。悪いけど、髪を 乾かすの、手伝ってくれない？」

無論、嘘であるが、心優しく素直な優吾は義姉の言葉を欠片も疑わない。

「もちろん。湿布張らなくて平気？」

「そこまでしなくても平気。ただ、ほら、ドライヤーって結構重いし、髪を乾か すあいだはずっと持ち上げてないとダメじゃない？　ちょっとつらいかなって」

早口なのは、後ろめたさのためだ。

「乾かすのは僕がやるよ。でもまずは、なにか着たほうがいいんじゃない？　風 呂上がりで薄着だと、風邪引いちゃうよ？　あ、肩が痛くて着られないのか」

どうやら優吾は、肩の痛みが薄着の原因だと勘違いしたらしい。その気遣いを 嬉しく思う一方で、女心への鈍感さに若干の苛つきも覚えないではない。

（違うわよ！　全身で、全力で、全開でお前が好きってアピールしてるの、なんでわからないの⁉　ママ、よくこの鈍い子をその気にさせたわね！）

そんな内心をおくびにも出さず、

「あら、優吾は私の肌なんて見たくもない？　なら、すぐになにか羽織るわ」

演技丸出しの悲しみの表情を浮かべて、上目遣いに優吾を見る。

「ぜ、全然違うよ！　ただでさえ綺麗で大人っぽい義姉さんが薄着だと、僕、どきどきして、目の遣り場に困っちゃうだけなんだよっ」

すると優吾は、凛の期待以上の嬉しい反応をしてくれた。

（綺麗……大人っぽい……どきどき……！）

自分に対する義弟の本音を聞けたおかげで、凛の中の迷いがだいぶ払拭された。

もちろん、まだまだ恐怖や逡巡、羞恥は残っているが、それらを乗り越えるだけの勇気が得られたのは大きい。

「私は別に、お前にならどれだけ見られたってかまわないわよ？　というか、見られたくない相手の前でこんな格好、するわけないでしょ？」

このセリフを意訳すれば、「好きだから、こんな無防備な姿を晒してるんでしょ。もっと見なさい」となる。凛とすれば、だいぶ踏み込んだアピールだ。

「そ、そう、なんだ」

凛の意図を完全に理解できたわけではないだろうが、それでもある程度は雰囲気で伝わったらしく、優吾の顔が少し赤らんだ。

「ママだって、優吾の前では、めちゃくちゃ隙のある格好してるでしょ？」

敢えてライバルである葉月の話題を振ったのは、凛の作戦だ。狙いは二つ。自分がこうした薄着をしているのは、母と同じ意図があると遠回しに伝えること。そしてもう一つは、優吾の動揺を誘うことである。

「か、義母さんは、そこまで凄い格好はしてないんじゃない、かな……？」

優吾の声が自信なさげに、だんだんと小さくなっていったのは、つまり、葉月が「凄い格好」を息子の前で見せていた間接的な証拠と凛は考えた。

（ふうん。ママ、そんなあざとい真似して優吾を誘惑したんだ）

まさに現在、自分もまったく同じ真似をしているのだが、凛は見事に棚に上げて母への対抗意識を抱く。

「そのママ、今頃はなにしてるかしらね」

二人の関係をさらに探るべく、凛は母の話題を続ける。

「あ、さっき電話が来たよ。仕事の打ち合わせも無事終わって、今はスタッフみんなでお酒飲んでるって。楽しそうだった」

今日と明日は葉月は出張で帰って来ない。だからこそ凛は、このタイミングで弟誘惑作戦を決行したのだ。

「私にはなんの連絡もないけどね」

「義姉さんのことは心配してないからじゃない？　僕はまだ、義母さんの中では頼りない、子供に思われてるのかも」

少し寂しげなのは、葉月に子供扱いされたと勘違いしているせいだろう。

（違うわよ。単にママは様子を確認するって言い訳で、お前と電話したかっただけでしょ）

わざわざ敵に塩を送る必要はないので、誤解はそのままにしておく。

「私はちゃんと、お前を大人の男だと思ってるわよ？　ママと違ってね」

代わりに、母を出しにして、自分は優吾を一人の男として見ているのだとアピールする。

「えっ、ホント？　義姉さんにそう言ってもらえると、凄く嬉しいよ」

優吾は驚きと照れ、そして喜びの混じった表情を浮かべつつ、凛の髪にドライヤーの熱風を当て始めた。子供の頃から幾度も義弟に髪を乾かしてもらってきた凛だが、今夜ばかりはいつもみたいにリラックスはできない。

（さあ、凛、勝負の時間よ。ママがいない今夜を逃しちゃダメ……！）

髪が乾いたと同時に、凛は優吾に追加のおねだりをする。

「肩のマッサージ、頼める？　ただでとは言わないわ。お姉ちゃんを気持ちよくしてくれたら、なにか一つ、お前のお願いをなんでも聞いてあげる」


（なんでも？　なんでもって、本当になんでも？）

先程の凛の言葉を脳内で反芻しながら、優吾は一心不乱に指を動かし、愛しい姉の肩を揉みほぐしていた。ただし、優吾の集中力が注がれているのはマッサージではない。優吾の心を占めているのは、邪な思考ばかりだった。

（言葉の綾ってわかってるけど……ああ、ダメだ、憧れの義姉さんがなんでも僕の言うことを聞いてくれるなんて聞いたら、色々妄想しちゃうよおっ）

少し前までであれば、凛の言葉をこれほど真に受けたりはしなかった。しかし、葉月によって女の柔肌を知った今の優吾は、どうしてもリアルに凛の痴態を想像できてしまい、欲望を抑えきれないのだ。

「お前、私のご褒美がそんなに楽しみなの？」

前を向いたままの凛が、鏡に映った義弟を見てからかってくる。浅ましい気持ちを覗かれたような気まずさを覚え、優吾は顔を背ける。

「言っておくけど、私は本気よ？　優吾にはずっと面倒ばかりかけてきたんだもの、たまにはお姉ちゃんらしいこともさせてちょうだい」

「面倒？　え？　なにが？」

意外な単語に、背けた顔を再び前に戻して聞き返す。

「なにって、私もママも、ずっと優吾に身の回りの世話をさせてきたじゃない？　家事もほとんど全部お前に任せっきりだし。仕事してるママはまだしも、私の面倒まで見させてるのは、さすがに悪いとずっと思ってたのよ」

「義姉さんだって、学校では生徒会やってたじゃない。勉強もいつもトップクラスだったし、大学生になってからは義母さんの会社の手伝いもしてるし」

「それは、優吾に迷惑かけていい理由にはなってないでしょ」

「僕、家事が面倒なんて感じてないよ？　義姉さんや義母さんの役に立ててるのが嬉しいんだ。むしろ、お世話させてくれるお礼を二人に言いたいくらい」

「……っ」

優吾のこの言葉に、鏡の中の凛が大きく目を見開く。

（あれ？　義姉さん、驚いてる？　僕、おかしなこと言ったかな？　僕はただ、

本音を言っただけなのに）

　憧れの義母と義姉に尽くす。それは、ブラコンかつシスコンの青年にとっては、まぎれもなく喜びだ。しかもこの二人はいつも優吾に感謝を伝えてくれる。笑顔を見せてくれる。優吾に文句などあろうはずがなかった。

「じゃあ優吾は、今も嬉しいの？　夜中に急に呼び出されて、私の髪を乾かしたり、マッサージするのも？」

「うん、嬉しいよ。こんなのもう、完全に家族、弟の役得だもん。義姉さんの素肌に触れて、揉めるんだから……あ」

　口が滑ったと気づき、優吾は慌てる。

（なに言ってるんだ、僕はっ。義姉さんに気持ち悪がられるっ！）

　しかし、焦る優吾をよそに、凛の様子は特に変わらない。義弟の失言に気づいてないのかも、と都合のいい解釈をした優吾は、なにごともなかったように美姉へのマッサージを続行する。

（よし、もうなにも喋らず、マッサージに集中だ。そして、義姉さんが満足したら、とっとと撤収しよう。これ以上ぼろを出す前に！）

　邪な感情を追い払い、ただただ真面目に凛の肩や首を揉みほぐそうと優吾は決意する。が、そんな優吾の意志を容易く揺さぶる事態が発生した。

「あんっ……んっ、んっ……はあぁ、イイ……そこ、そこ、すっごく気持ちイイわよ、優吾ぉ……んふん」

凛が、妙に艶めかしい声を発し始めたのだ。無論、嬌声などではないと頭では理解している。しているのだが、優吾の意識はどうしてもそこに淫らな意味を勝手に付与してしまう。

（あああ、集中できないっ。エロい妄想が勝手に捗っちゃう……！）

童貞時代も、凛の仕草や言動に性的なものを勝手に感じ取っては一人でドキドキしていたものだが、未亡人義母の本気の喘ぎ声を聞いて知った分、妄想もパワーアップしていた。

「ねえン、優吾ぉ、もっと強くぐりぐりしてぇ。あっ、そこ特に好きぃ……んっ……大丈夫、お姉ちゃんの弱いとこ、もっと深く押し込んでぇ……はあン」

懸命に理性をかき集める弟をよそに、凛はさらに艶めかしく喘ぎ、思わせぶりなセリフをはく。そんな反応に、優吾は自分が美姉を愛撫しているかのごとき錯覚を覚える。

（もしかしたら義姉さん、将来の恋人の前ではこんなふうに色っぽく喘ぐのかな。

切なげに身体をよじるのかな。じっとりと汗ばむのかな）

今のところ、義姉に恋人がいる気配はない。しかし、これだけ聡明な美人を男どもが放っておくわけがない。

（ううん、もしかしたら、とっくに彼氏がいるのかもしれない。僕以外の男に、こんなふうに肌を触らせてるのかもしれないんだ……っ）

敢えて目を逸らし続けてきた問題を前に、優吾は無意識に指に力を入れてしまった。だが凛はこのくらいがいいから続けろと言ってくる。

「本当に痛くない？　指、結構埋まっちゃってるよ？」

「当然。ママより若い分、身体、柔らかいんだから。どうせお前はママにも、マッサージとか色々してるんでしょ？」

首だけ振り返った凛が、今度はなにかを探るような視線を注いでくる。

「あー、うん、マッサージとか、ストレッチの手伝いは、してる、かな」

美しい義母と結ばれるきっかけを思い出して頬を熱くする優吾から、凛は目を逸らさない。目つきが若干鋭くなったのは、気のせいだろうか。

「つまりお前はママの身体をべたべた触ってるってわけね。だったら、四十一歳の子持ちと、十九歳の女子大生の違い、わかるでしょ？　肌の張りとか艶とか」

「そ、そういう質問、僕としては返答にすっごく困るんだけど？」

仲のいい凛と葉月がこうした軽口を叩き合うのは、そう珍しくもない。だが、

（なんだか今の義姉さん、ちょっと声に棘がなかった……？）

凛の表情や声色が普段とは少し違って感じられた。

「大丈夫、ここには今、私とお前の二人きりよ。ママはいないんだから、正直に答えてちょうだい」

二人きり、ママはいない、の部分をやたらと強調してくる点も気にはなったが、答えないと解放してくれない雰囲気だったため、優吾は慎重に言葉を選ぶ。

「義姉さんも義母さんも、どっちも肌はつるつるで綺麗だよ。ただ、確かにマッサージしたときの感触は少し違うかな。義母さんはほら、デスクワーク多いし、運動も好きじゃないから、首筋とか、結構がちがちの印象」

「……なに、その模範解答。まだママへの遠慮、ううん、忖度が強すぎ」

これでは満足してもらえなかったらしい。

「忖度って……。僕、ホントのことしか言ってないよ？」

「なるほど。つまり優吾は、ママに比べて私の身体についての理解がまだ浅いわけね。わかった。じゃあ、私にもママのときみたいにべたべた触って、十九歳の

女体のよさを学びなさい」

「どうしてそうなるの⁉　あと、女体って言い方、生々しすぎない⁉」

「あら、女体は女体でしょ？　そもそも優吾だって、お姉ちゃんの女体、触ったり揉んだりしたいんでしょ？　弟って立場で役得なんでしょ？」

ここで凛は、にやりと笑いながら、先程の優吾の言葉を口にした。しっかり失言を聞かれていたのだと知り、優吾の頬がかあっと熱くなる。

「先に言っておくけど、私は別にイヤじゃないわよ？　他の男なら気持ち悪いとしか感じないけど、お前なら……優吾なら、全然、問題ないわ。むしろ……」

（む、むしろ？　え？　その先は？）

「……い、いいから、さっさと続きっ」

今度は、義姉の頬が赤くなる。それが自分でもわかったのだろう、凛は優吾の視線から逃げるようにまた前を向く。しかし鏡があるため、赤面した凛の顔は優吾には丸見えだった。

（照れてる義姉さん、可愛い！　可愛いだけじゃなくて、色っぽい……！）

（しくじったっ。もっとスマートに、さりげなく、歳上っぽく、お姉ちゃんらしくさらっとからかって、自然に優吾から私を触らせるつもりだったのに！）

それでも、母との違いを探らせるという大義名分を利用して自分を触らせ、欲情させ、そのまま襲わせる狙いには一歩近づけた。

「ほらほら、ママと私、どう違うか、ちゃんと調べなさいな。知識だけじゃなくて、実物を見て、触れて、五感で感じてそれを言語化するのは、この先、仕事をする上では絶対に必要なスキルよ？」

母娘の柔肌の違いを言語化する必要などまったくないのだが、凛を半ば盲目的に敬愛するシスコン義弟は、この詭弁を疑わなかった。さらに、

「お前は将来、ママや私の仕事の手伝いをしたいんでしょ？　だったら、この機会にしっかり習得なさい」

卒業したら葉月の会社で自分たちの補佐をしたいと考えている優吾の夢も刺激して、先を促す。

（まあ、ママの補佐や会社経営は私がやって、優吾には家のことを全部任せたいんだけどね。もちろん、お嫁さんである私の世話も含めて）

凛にとって優吾は、世界で最も自分を理解し、甘やかしてくれる唯一無二の存在だ。それは、実母である葉月すらも凌ぐ。

（ママは天然……ううん、一種の天才だもん。その分、私たちみたいな凡人の心がわからないのよねえ）

天性のセンスを持って生まれた葉月は、どうしても他者への共感が苦手だ。それは凛や優吾も例外ではない。そのため凛は、子供の頃はしばしば、自分は母に愛されていない、理解されていないと悩み、怒り、苛立ったりもした。

（その点、優吾は私の最高の理解者。同じ凡人同士、一番身近に天才がいる幸福と苦悩もわかってくれるもの）

母に対する愛と劣等感を併せ持つ凛にとって、同一の立場であり、かつ、姉である自分を心の底から尊敬してくれる優吾の存在はとてつもなく大きい。

「ねえ、優吾から見て私のいいところって、どこ？　教えてちょうだい」

背後の義弟に、凛はそんな質問をぶつけてみた。

「優しい。頭がいい。努力家。器用。自分の考えがある。でも、それを他人に無理強いしない。周りの人のことをすっごくよく見て、わかってくれる。親切なのに、さりげない。冷静だけど、意外とノリがいい。空気が読める」

優吾はすらすらと凛の長所を挙げてくる。

「困ってる人を放っておけない。僕の作ったご飯をいつも美味しそうに食べてくれる。ありがとうって、誰にでも、すぐに言える。自分がミスしたときでも、すぐに謝れる。叱るけれど怒らない。言葉遣いが綺麗。あとは」

「ちょ、ちょっと待って。ごめん。まさかそんな次々と出てくるとは予想外。受け止めきれないからタイム」

「えー？　まだまだあるのに」

凛に制止された優吾は、語り足りないと、不満げだ。

（こ、この子、ホントにシスコンね。私のこと、好きすぎでしょ。……まあ、嬉しいけど。めちゃくちゃ嬉しくて、顔が緩むの堪えるの大変だけどっ）

好きな男に褒められまくった嬉しさの一方で、若干の不満もあった。

「内面の話ばっかりだけど、それって私の見た目とかに、異性としての魅力は感じないってこと？　だから、マッサージを続けてくれないの？」

母譲りの顔立ちやプロポーションには、それなりの自信があった。当然、これを保つための不断の努力もしている。実際、告白された経験は数多い。そして、同じ数だけ告白を断り続けてきたのは、ずっと心の中に優吾がいたためだ。

「そんなわけないよっ。でもほら、外見だけ褒めるのって、女性に対して失礼かなって」

「よく知らない男に、見た目だけ褒められるのはね。でも、優吾は違うでしょ？　私以上に私を知ってるお前に褒められたら、お姉ちゃん、すっごく嬉しいと思うんだけどなぁ」

口調は冗談めかしているが、言っている内容は完璧に本音だ。

「義姉さんは、美人。めちゃくちゃ美人。すっごく綺麗。普段の凛々しい感じもいいけど、見てるこっちまで幸せになるような笑顔も大好き」

今度もまた、優吾は即座に凛を称賛し始めた。自分で促したとはいえ、気恥ずかしさに凛の耳が真っ赤になる。

「手脚が長くて、すらりとしたスタイルは、まるでモデルさんみたいに素敵。背筋がぴんと伸びてて、カッコいいってずっと憧れてるんだ、僕」

「あ、ありがとう。でも、さっきも言ったように、お前の言葉は少し具体性に欠けるのよね。……そ、そうだわ、私の顔とか身体に実際に触れながら、いいところを具体的に説明してちょうだい。それなら一石二鳥でしょ？」

嬉しさと照れで早口になりながら、再び自分へのタッチを仕向ける。

「わ、わかったよ。……僕に触られるのがイヤだったら、すぐに言ってよね？」

義姉が諦めないと理解したのか、優吾は恐る恐る、凛の顔に手を伸ばす。

「ぼ、僕は義姉さんの顔、本当に綺麗だと思ってるよ。目元とか……と、特にその、この……唇、とか」

優吾は凛の目の周りや頬、鼻筋を軽く撫でたあと、そっと唇にも触れてきた。まだ誰にも許していない唇を愛しい弟に触れられる。これは、凛にとって嬉しい誤算だった。

(え？　もしかしてこの子、私とのキスを想像してたりする？　ふふ、子供のときにお遊びでしたときのことでも思い出してるのかな)

もし、ここで舐めたり咥えたりしたらどうなるかと想像したときにはもう、十九歳の美処女は義弟の指を口に含んでいた。

「ねね、義姉さん⁉」

「気にしないれ、続けなひゃい」

努めてなんでもないように言ったが、この行動に一番驚いているのは、当の凛だった。

(私、なにしちゃってんの⁉　どうして優吾の指、しゃぶっちゃってんのよ⁉)

すでにかなり優吾には怪しまれているというのに、さらにこんな奇行まで加えたら、計画に支障を来す可能性が高まる。頭ではそう理解しているのだが、唇と舌の勝手な動きを止められない。

「はむ……ちゅ……ちゅぷ……ぴちゃ……はむはむ……ぺろ……れろ……」

（別に味なんてないけど、美味しい。ずっとしゃぶってたくなる感じ）

無味なのに美味しい。そんな矛盾を抱えつつ、目と舌とで弟に先を促す。

「義姉さんは、首も……特に、うなじも綺麗だと思うよ」

片手を凛に預けたまま、優吾が空いた側の手で首筋に触れてきた。

「ん……っ」

触られた場所から、全身にぞくりとしたものが広がる。

「僕、義姉さんが髪を搔き上げるたびに覗くうなじを見るといつも、どきどきしちゃうんだ。少し撫で気味の肩も、好き。怖いくらいにくびれた腰も、女性らしくって、魅力的だと思う」

首の次は肩、そして脇腹を撫でられた。先程までのマッサージとは明らかに違うタッチに、凛の全身に徐々に熱が生じる。

（優吾の触り方、マッサージというか……愛撫みたいになってきた）

弟との戯れのキス以上の行為を知らない処女には断言できないが、優吾のそれには、性的な意図が込められているように感じられた。しかし、いやではない。

これこそ、凛の望んでいた展開だからだ。

「む、胸は、どう？　ママには負けるけど、私だって、なかなか立派でしょ？」

凛は咥えていた指を口から出すと同時に、カップ付きのスリップを纏った瑞々しい肢体をアピールするため、軽く胸を張る。

「そ、そうだね」

さすがに触れてはこなかったものの、優吾の目をバストに引き寄せることには成功した。深い谷間に注がれる視線に、ますます女体の熱が上がる。

「お尻も、自信あるのよね。運動不足のママと違って、きゅっとしてるし」

優吾に見られている自信が、恋敵への対抗心も煽る。

「あとはやっぱり脚、かな。細すぎず太すぎず、我ながらいい感じだと思ってるの。特に……太腿、とか。優吾はお姉ちゃんの脚、好み？」

言葉で、義弟の視線と意識を己の太腿へと誘導する。

「う、うん、凄く綺麗で、すらりと長くて、柔らかそうで、素敵、だと思うよ」

「柔らかそう、じゃなくて、ホントに柔らかいの。ほら、実際に手で触れて、感想を言語化してみなさい。なにごとも経験よ？」

もはや、自分たちがなにを目的にしているのか、姉も弟も恐らくはわかっていない。それでも凛は優吾を誘い、優吾は凛に言われるまま、スリップから伸びた柔肌にそっと触れてきた。

「あふっ……ん……え、遠慮せず、好きなだけ触っていいわよ。その代わり、ちゃんとお前の言葉で、お姉ちゃんの女体の様子を説明なさい」

太腿を異性に触られる未知の経験に声を震わせつつ、背後の弟の様子を窺う。

(優吾、顔が真っ赤。鼻息も荒い。これって興奮してる証拠よね？　私の身体に欲情してるのよね？　だって、ママとしてるときもこんな感じだったし)

浴室での葉月と優吾の甘い、凛にしてみたら苦々しい行為の様子と照らし合わせ、作戦成功の手応えを感じる。

「ね、義姉さんの太腿は……その、表面はすべすべでふかふかだけど、指を押し返すような弾力がある、よ」

姉同様、弟の声もまた、興奮のためだろう、震えていた。その原因が自分にある事実が、凛に勇気を与えてくれる。

「当然。だってママより若いし。ママと違ってちゃんと、自主的に運動してるし」

「か、義母さんだって、最近はヨガとかしてるよ？」

「そうね。他にもなんか運動はしてるらしいわね。元々若々しかったけど、最近は特にお肌つるつるのぷるぷるだし。機嫌いいし。なんていうか……そう、女性ホルモンとフェロモンがだだ漏れ、みたいな？」

当てつけじみたセリフを言ってしまったのは、この場にいない葉月を擁護する優吾に少しかちんと来たせいだ。

「えっ……」

露骨なイヤミをぶつけられた優吾は、さすがになにかを察したようだった。太腿を愛おしげに撫で回していた手が止まり、落ち着きなく視線を泳がせる。

（ようやく気づいたかな。まあ、ここまでしたらわかるよね。わかってくれないと困るし）

いよいよ誘惑ミッションの最終段階と、凛は後ろに身体を倒して優吾にもたれかかる。より密着した女体に、背後の優吾が息を呑むのがわかった。

（さて、あとはどうやってこの子に襲ってもらうか、よね。でも、これ以上は恥ずかしいし、やりすぎて痴女と思われるのも困るし……え？）

奥手の弟に理性を飛ばしてもらう策を講じていたそのとき、想定外の事態が起きた。まだ手を出してこないと思っていた優吾に突然、抱き締められたのだ。

「義姉さん……！」

（えっ？　えっ？　ええっ？　私、今、優吾にハグされてる!?　わわっ、腰に当たってるのってこれ、優吾のオチン×ン!?）

首筋に当たる熱い息。背中に感じる男の逞しい身体。腰に押しつけられている股間の盛り上がり。そのすべてが、凛の願望が叶ったことを告げていた。

「ごめん、義姉さん。でも、義姉さんが悪いんだよ？　ずっと大好きだった人がこんな無防備な格好して、二人きりなのに身体を触らせたりするから……！」

（やった！　ようやくこの子から告白を引き出せたぁ！　嬉しいっ）

突然の抱擁と告白に、凛は完全に有頂天になっていた。長年の夢が現実となった喜びに身体は硬直し、意識は真っ白になり、なにも言葉が出てこない。

（やった、やった、やったぁ……！　ついに、ついに優吾と両想いになれた……これで私も、優吾の恋人にしてもらえる……えっ？）

このあとは自分も好きと告げるべきだろうか、それともキスで返事をすべきかと考えていた凛は、突然、仰向けに押し倒された。歓喜でいっぱいになっていた脳が状況を理解するよりも先に、優吾の顔が接近してくるのが見えた。

「ゆ」

優吾、と弟の名を告げるはずだった口がキスで塞がれる。数え切れないほど妄想してきたそのどれとも違う、けれど刺激的なファーストキスだった。

大人になって初めて姉とするキスは、しかし、幾度も妄想してきたどれとも違い、優吾の胸に重く、苦い想いを残した。

(ああ、僕は……僕はなんて卑怯な真似を……っ)

醜い肉欲に屈して愛しい義姉を力任せに押し倒し、そのまま唇を奪う。己のしでかした罪の大きさに、優吾は顔を歪ませる。けれど一方では、ついに大好きな凛とキスをした歓びを感じてもいるのだ。

「ごめん、義姉さん。でも、僕も頑張ったんだよ？　義姉さんの弟でいようと、僕なりに必死に我慢してきたんだよ？」

名残惜しさを覚えつつ離した唇を開き、まずは謝罪を、続いて恨み節を口にする。そんな優吾の姿を、凛はじっと見上げていた。信頼していた家族に突然押し倒され、キスをされたショックなのか、その瞳が潤んでいる。

(義姉さんを泣かしちゃった……)

大好きな人を悲しませた事実に、胸が痛む。だが同時に、そんな美しい義姉にさらに欲情しているのも、間違いがないのだ。

「なのに、こんな格好して、僕の気持ちも知らないで身体を触らせたり、思わせぶりなこと言ったり……義姉さんは、ひどいよ。僕だって、もう、子供じゃないんだよ？　男なんだよ……!?」

絞り出すように最後のセリフを口にした瞬間、優吾に組み敷かれた凛の身体がびくり、と震えたのがわかった。愛する人を怖がらせたのだと自己嫌悪を深める優吾に対し、凛はすっと両腕を伸ばす。

「ごめんね。でも、最初の好きは、お前から言って欲しかったの。それに、私が日本にいないあいだにママの誘惑に負けちゃう優吾だって悪くない？」

「!?」

優吾の頬を手で挟んだ凛は、意外な、そしてショッキングな言葉を口にした。

(これって、義姉さんも僕を好きだったってこと!?　義母さんと僕の関係も知られちゃってるってこと!?)

嬉しい驚きと、心臓に悪い驚きに同時に襲いかかられた優吾の思考は、混乱状態に陥る。義姉が本当に自分に対して弟以上の感情を抱いているのか問い質したい一方で、義母との関係を正直に告げるべきか否かの判断にも迫られる。

「あ……う……あう……あうぅっ」

迷いと惑いと悩みが一気に押し寄せ、まともに言葉をつむげない。

「もう、落ち着きなさいってば。さっきまでは腹立つくらい冷静だったくせに。……それとも、お姉ちゃんと相思相愛なのが嬉しすぎちゃった？」

そんな優吾の頬をさわさわと撫でながら、凛が少しおどけた口調で言う。目元が赤いのは、照れているためだろうか。

「それは……義姉さんも、僕を好きって意味でいいの？」

「……」

目元だけでなく頬や耳まで赤くした美姉が、小さく、けれどはっきりと頷く。

（ああっ、夢みたいだ！　でも、夢じゃないんだ！……あ）

歓喜の直後に、絶望が押し寄せてくる。つまり、義母との許されない関係を、葉月の娘である凛に知られてしまったという悪夢である。

「だ、だけど僕は……義母さんと……」

「そうね。そうみたいね。私、見ちゃったし。お前とママがお風呂場でいちゃついてるところ。……さ、白状なさい。全部」

ここで凛はぎろり、と優吾を睨みつける。さっきまで優しく撫でてくれていた手で、今度は頬をぎりぎりとつねられた。こうなってはもう誤魔化せないと、優吾はことのあらましを若干の脚色を加えて話した。無論、葉月を庇うためである。

「へえ、私の留守をいいことに、ママにムラムラして、つい襲いかかっちゃったと。けど、優しいママは許してくれたと。ふうん」

咄嗟に考えたにしては悪くない嘘だと思ったのだが、賢い姉はまったく信じてない様子だった。頬をつねったままの指にさらに力が加えられたのがその証拠だ。

「あのね、二人きりになったくらいでムラムラするくらいなら、お前、とっくの昔に私を襲ってたでしょ。嘘をつくなら、もっとマシなの考えなさい」

「う、嘘じゃないよ。ほら、今だって僕、義姉さんを押し倒してるし！」

これも、我ながら悪くない弁解のつもりだったが、国内最高峰の国立大学にストレートで合格した才媛を煙に巻くことはできなかった。

「なるほどね。……だったら、私もママみたいに犯しなさい。大丈夫、私はママ以上に優しいから、許してあげるし、抵抗もしない。ほら、このとおりよ」

そう言うと、凛は優吾の頬をつねっていた指を離し、両腕を床に落とした。抵抗の意志がないと示すためなのか、万歳するような格好だ。自然と露わとなった白い腋窩に、つい、視線が向いてしまう。

（お、犯す？　僕が、義姉さんを？）

葉月との関係を指摘された混乱で一時的に忘れていた義姉への欲望が、再び優吾の理性を蝕んでいく。義母との逢瀬を重ね、女を知ったがゆえ、欲望のブレーキが弱体化したのが自分でもわかる。

「べ、別に問題ないでしょう？　お前は私が好き、私も同じ……なのだし」

「それでも、無理矢理は問題でしょ」

「押し倒して唇まで奪っておいて、なにを今さら。……それとも、私よりママのほうがいいの？」

「そんなことないよっ。僕は義母さんと義姉さん、どっちも同じくらい、大好きなんだから！」

口走ったあとで、自分が最低な発言をしていると気づいた。だが、凛は怒るどころか嬉しそうに目を細め、じっと二股男を見つめてくる。

「なら、証明なさい。大好きなママは、襲ったんでしょう？　だったら、大好きなお姉ちゃんにも同じこと、できるはずよね……？」

（嘘が下手ね、優吾は。ママを庇おうとしてるのはわかるけど）

自ら泥を被ろうとした優吾の優しさは凛には好ましく見えた。が、好きな男が自分以外の女を庇おうとする姿は、それがたとえ母でも面白くない。

(でも、告白させて、先に手を出させて、ママとの関係も自白させてと、ここまでは順調。あとはきっちりこの子に抱かれて、恋人になっちゃえば完璧ね)

最大の難関も、押し倒された時点で半分は成功したに等しいと安堵しているあいだに、再びキスをされた。最初のときよりも深く、長い口づけだった。

(またキス、されたぁ……ああっ、舌、入ってきた……ん……んん……っ)

幼い頃の優吾との戯れのキスしか経験のない十九歳にとって、口内に侵入する温かな舌粘膜の感触は衝撃的だった。

「ん……ちゅ……ぷちゅ……くちゅ……ちゅぷ……」

自分の口から発せられる水音の卑猥さに、スリップに包まれた女体が知らずくねり出す。そして、その女体にも弟の手が伸びてきた。

(あっ⁉　む、胸……おっぱいを触られてる……！)

優吾の性格的に、直接の愛撫はもう少しあとだと思っていたので、嬉しい誤算だ。スリップをずり下げられ、乳房が露わとなる。

(ああ、優吾に触られてる……ううん、揉まれてる……ンン……恥ずかしいけど、気持ちイイ……自分でいじるのとは全然違う……！)

遮るものがなくなったため、ダイレクトに手のひらを感じる。優吾に触れられ、包まれ、揉まれている感動に、身体の震えが止まらない。

(くっ、ふっ、凄い……好きな男に胸を触られるのが、こんなに気持ちイイなんてぇ……ああん、先っぽが硬くなってるの、絶対に優吾にばれてるぅ)

キスと乳愛撫に心拍数が跳ね上がり、全身の毛穴からじわじわと汗が滲み出す。下腹部の奥に切ない疼きが生じ、太腿を擦り合わせる動きを止められない。

「はっ、はっ、はっ、はっ……」

初めてのディープキスが終わり唇と舌が解放されたあとも、凛は苦しげな呼吸を繰り返す。優吾に愛撫された衝撃に、それだけの興奮を覚えていたのだ。しかし弟の昂ぶりは、姉以上だった。

「ごめん、ホントはもっと優しくしたいんだけど、僕、義姉さんが欲しくてたまらないんだ。もう、全然止まれないんだ」

その言葉どおり、優吾は胸へのタッチを続けている。今度は両手で、双つの膨らみをさらに強く揉みしだいてきた。もっとも、言うほど荒っぽくはない。

「我慢する必要なんてないわよ。弟に求められてイヤな姉がいるわけがないんだから。私にかまわず、お前の好きにしてちょうだい」

「い、いいの？　じゃあ……ベッドに座ってもらっていいかな？」

「こう？……えっ、ゆ、優吾？」

優吾はベッドには上がらず、床に膝をついた状態で凛の脚のあいだに身体を割り込ませてきた。どこを狙っているかは、明白だった。スリップを捲られ、ショーツに指をかけられた瞬間は、さすがに羞恥心が襲ってきた。が、

「……」

凛は無言で尻を浮かせて、弟のサポートをする。

「ああ……！」

隠すものがなにもなくなった秘所を覗き込んだ優吾が、感極まった声を上げた。

「こ、こら優吾、あんまり顔を近づけないでっ」

優吾を誘惑するため、凛が身に着けていたのはスリップとショーツだけだった。そのスリップはすでに肩紐を外されて乳房を、ショーツも脱がされて女陰をそれぞれ剝き出しにしている。今の凛は、全裸よりも扇情的な姿かもしれなかった。

(ああっ、優吾ってば、あんなに目を見開いて、鼻息を荒くして、私のあそこを……オマ×コを見てる……！)

好きな男に己の身体を晒す。それは猛烈な恥ずかしさと同時に、過去に経験し

たことがない昂ぶりを凛にもたらした。

「ゆ、優吾ぉ……」

凛が徐々に股を開いていくのに合わせて優吾も顔を近づけてきたため、花弁に熱い息が当たるのがはっきりとわかった。逆デルタ型に濃密に生え揃った秘毛が、鼻息にそよぐ。

「夢にまで見た義姉さんのあそこが今、こんな目の前に……ちゅっ」

「ひんっ⁉」

まだ誰にも見せたことも、触れさせたこともない処女の花園に、いきなりキスをされた。驚きと羞じらい、そして鮮烈な快感に、腰がベッドから浮き上がる。

「ちょっ、い、いきなりすぎぃっ……アアッ」

そんな姉の反応に煽られたか、優吾は完全に凛の股間に顔を埋めてきた。同時に秘裂に唇と舌、そして指を這わせ、クンニリングスを始める。

（さ、触られてる、いじられてる、舐められてる……ッ）

女陰を晒したショックもまだ引いてない状態での口唇奉仕に、凛は大きく仰け反る。咄嗟に口元を手で覆ったのは、自分がはしたない声を上げてしまう確信があったからだ。

(嘘、嘘、優吾が、可愛い弟が、私のオマ×コをぺろぺろしてる……ひんっ⁉ あっ、待って、あっ、あっ、そこはダメ、そこは一番敏感な……アアッ！)

葉月との行為で習得したのだろう、優吾の愛撫は想像よりも遥かに巧みだった。無論、経験豊富な他の男と比べればまだまだのはずだが、純潔を守り続けてきた凛にとっては充分すぎる悦楽が次々と襲いかかってくる。

「くっ、うっ、むむむっ！　ふーっ、ふひっ、くふぅっ！」

最初は大陰唇を、次にその内側の小陰唇を、さらに膣穴と、徐々に女体の深部へと舌を進めると同時に、最も鋭敏な尖りも指で責められた。

(声、我慢できないっ……あそこを舐めたままクリをいじるなんてぇ……ああっ、ダメ、はしたない声が漏れちゃう……！)

秘部を舐められるだけでもたまらないのに、そこにクリトリス嬲りまで加わっては、どうにもならなかった。

「はあぁん！　あーっ、ダメ、ダメぇ……はうぅっ、そ、それ以上は待って、私、ダメになる……あっ、あうっ、うーっ、うぅーっ‼」

急速に接近する絶頂の予感に、凛は両手で顔を覆った。嬌声を少しでも減じる狙いもあったが、最大の理由は、達した際の顔を優吾から隠すためだった。

(イク、イク、イク……弟クンニでイク……ッ！)

舌先で膣穴を軽くほじられ、包皮越しに陰核を転がされた刹那、凛はオルガスムスを極めた。勝手に浮き上がった両脚をつま先までぴーんと伸ばしたまま、人生初のクンニアクメを味わう。

「義姉さん、イッたの？　僕、ちゃんと義姉さんを気持ちよくできてた？」

そんな凛の股のあいだから、優吾が尋ねてくる。

(見ればわかるでしょ。イッたわよ、イッてるわよ、まさに今、思い切りぃっ)

強い愉悦に目に涙を滲ませながら、凛は可愛い弟に向けてこくこくと頷く。すると優吾はほっとしたような表情になった。

(そっか。優吾も不安なんだ。まだまだ私にも挽回のチャンス、あるじゃない)

考えてみれば、フライングした母のリードはせいぜい半月程度だ。優吾を想い続けた何年もの時間からすれば、誤差の範囲でしかない。

(大丈夫。まだ充分に追いつき追い越せる程度。まずはママが出張の今日明日で一気に差を詰める……！)

恋敵でもある実母に並ぶための最初のステップは当然、処女卒業だ。そして、その覚悟も準備もすでに整っている。

「優吾、私の初めて、もらってくれる？」

「も、もちろんっ。……義姉さん、初めてなの？」

「ええ、正真正銘の処女よ。……なに、私が経験済みと思ってたの？」

「うん。義姉さんくらい素敵な人なら、周りの男が放っておかないと思ってたから、ずっとやきもきしてたんだ、僕」

「だったらもっと早く私を襲えばよかったのよ、意気地なし」

弟がヤキモチを焼いていてくれたとわかり、凛の頬が嬉しさに緩む。

（女の初めての相手になりたい男は多いらしいし、そうなると、ママより私のほうが有利よね。なにしろあっちは二度も結婚しているわけだし）

実母に対して心の中でマウントを取りつつ、凛はベッドの中央に移動する。そして仰向けになると、自ら両膝を抱えた。いわゆる、M字開脚だ。

「さ、さあ、来なさい、優吾。私が二十年近く守り続けたヴァージンよ」

すでに見られ、触られ、舐められ、あまつさえ絶頂までさせられたとはいえ、秘部を曝け出す羞恥に声も身体も震えてしまう。しかし、同時にぞくぞくとした興奮も生じていた。

（わ、私、今、すっごい格好してるっ。処女なのに、弟に自分から股を開いて、犯してっておねだりしてる……！）

「ね、義姉さん……っ」

姉の女体に誘われるようにベッドに上がってきた優吾が、服を脱ぎ始める。いつの間にかすっかり逞しくなった弟の身体、特に股間の反り返ったペニスを見て、二枚の秘貝が期待にひくつく。

（あうっ。昔見たときと全然違うっ。あ、でも、皮は被ってるんだ。ふふ、恥ずかしそうに剝く姿、可愛い）

エラに引っかかって完全には剝けていなかった包皮をこそこそと引っ張る優吾の姿に、破瓜への緊張がいくらか和らぐ。

「ゴムはいらないから。お姉ちゃんはちゃんと全部計算済みよ。それに、ママにしてるときと同じように、ううん、それ以上に激しくして大丈夫」

凜は敢えて、恋敵である葉月を引き合いに出した。

「私はお前に散々世話をかけた。そして今後も、将来も引き続き身の回りのあれこれを世話してもらう気満々なの。だから、せめてベッドの上でくらいは姉らしく、弟に存分に甘えさせてやりたいのよ」

「義姉さんの……大好きな人の世話をするのは、僕にとって全然苦じゃないんだよ？　でも……義姉さんの気持ちは凄く、嬉しい。だから……」

優吾はその先のセリフを口にしなかった。代わりに、ゆっくりと凛の剝き出しの膣口へと肉銛を近づけてくる。

（ああ、凄い……優吾のオチン×ン、あんなにおっきいんだ。あれが私の初めてを破って、私の中に入って、私を女にするんだ）

恐怖も不安もある。けれど、逃げたいとは欠片も思わなかった。早く優吾と繋がりたい、一つになりたい気持ちに胸が高鳴り、子宮が疼き、膣口が蠢く。

「義姉さん」

「優吾……アアッ」

互いを見つめ合ったまま、ついにそのときが訪れた。熱く、硬く、太いモノが己の中に侵入してきた瞬間、全身が反射的に強張る。しかし、その後に続くと覚悟していた激痛は来なかった。

（え？　なんで？　優吾、挿れるのをやめちゃったの？）

恐る恐る股間を覗き込むと、愛しい弟の勃起は、すでに凛を貫いていた。さすがにまだ根元までは入っていないものの、屹立の半分以上は膣に収まっている。

「こ、これ、入ってるの？」

「うん。義姉さんの中、ぬるぬるで狭くて、凄く気持ちイイよ。……うっ⁉」

優吾が突然呻いたのは、膣道が突然窄まったためだ。すでに結合しており、さらに自分の身体が優吾を喜ばせていたとわかったがゆえの反応だった。

（そ、そうよね、姉と弟が一つになるのはごくごく自然のことだし。それで痛くなるはずがないのよね、うん）

「ふふ、姉の穴は弟を悦ばせるためにあるんだもの、気持ちよくて当然でしょ？　さ、優吾、遠慮せずに、お姉ちゃんの処女マ×コを奥まで突いて」

懸念材料だった痛みを回避できたとわかった途端、凛は強気になる。そんな姉の姿を見て遠慮の必要はないと判断したのか、優吾も挿入を深めてきた。

「はあああぁ……わかる……優吾のオチ×ポが入ってきてるの、はっきりわかるぅ……ああ……凄い……これが本物の弟オチ×ポぉ……ひンンッ⁉」

自分の指では届かない場所に先端が到達した瞬間、未知の感覚が凛を襲った。

（来た……届いた……触られたぁ……私の一番奥に、優吾がやって来たぁ！）

ついに自分たちは完全に一つになったのだと知り、両目から喜びの涙が溢れた。と同時に、結合部からも新たな秘蜜が染み出す。自分で抱えた膝ががたがたと痙攣するのを止められない。

「うあっ、うねうねしてるぅ……僕のが溶けちゃいそうだよ！」

しかし、震えの、悦びの大きさは優吾のほうが優っていた。優吾が小刻みに震えるたびにその振動が蜜壺に伝わって新たな快感が生まれ、膣道がまた締まる。まさに快楽の永久機関だった。

（優吾って、こんな顔で喘ぐんだ。イイ。凄くイイ。見てるこっちまで濡れちゃうくらい可愛い……！）

初めて見る弟のよがり顔に、ブラコン姉の下腹部が切なく疼く。そしてその疼きは媚粘膜の蠢きとなり、男への卑猥なおねだりとなる。

「義姉さん、動くよ。僕、もうじっとしてられない……っ」

優吾は凛の顔の横に両手をついて身体を固定すると、ピストンを開始した。怒張が膣を往復し始めても、やはり痛みは感じない。ぴりぴりした感覚は入口付近にあるにはあるのだが、それが気にならないほどの愉悦が女体を駆け巡る。

「あぁっ、あんっ、はっ、はぁっ、あぁぁっ！」

硬い肉棒が往復するたびに、嬌声が漏れる。己の発するその声の淫らさに恥ずかしさを覚えるが、両手は膝を抱えているため、もう口を塞ぐことはできない。

「義姉さんの声、可愛いよっ。お願い、もっと聞かせて！」

「やっ、あっ、バカ、そんなこと言われても、嬉しくない……ひんっ！」

言葉とは裏腹に、喘ぎ声まで褒められた嬉しさで膣肉が蠢き、弟の分身を愛おしげに締めつける。

（こんなエッチな声なのにっ……ああん、優吾、私を好きすぎぃ！）

自慢の弟に想われている事実が女体の感度を引き上げ、処女喪失直後とは信じられないくらいの法悦が広がる。そしてそれ以上に凛を昂ぶらせているのが、ちらちらと結合部に注がれる優吾の視線だった。

（私たちが繋がってるところ、すっごく見られてるぅ！　ダメ、お姉ちゃんの女にされた直後のオマ×コ、そんなに視姦されたら恥ずかしいのにぃ……！）

自ら膝を持ち、M字開脚したまま穿たれているのは、日頃、負担ばかりかけている弟に、少しでも楽に挿入してもらいたい気持ちからだった。しかしその結果、美しき才媛は新たな扉を開いてしまう。

「うあっ、な、なにこれ、義姉さんのオマ×コが中でぐねぐねしてる!?」

未知の興奮を得た女壺が、淫猥な蠢きで好いた男に全力で媚びる。快感に歪む優吾の顔はブラコン姉をさらに悦ばせ、白く濁り始めた愛液の分泌を促す。

「くっ、ふひっ、ひっ、ひぃいんん！　はっ、はっ、あっ、優吾ぉン！」

急速に高まる悦楽に、若い女体と意識が蕩ける。そんな姉の乱れた姿に煽られた優吾の抽送も徐々に加速し、リズミカルに膣内を抉ってくる。

(奥、来てる、届いてるっ！　凄い、私のこんな奥まで優吾がキスしてくれてるぅ！　ああ、子宮が疼いちゃう、もっと大好きになっちゃう……！)

肉体と心の幸せな蕩けは、凛の表情にも伝播した。普段の知的さと凛々しさを感じさせる整った顔立ちが、急速に、だらしなく緩んでいく。

(え？　なに？　優吾、さっきから私の顔をじっと見つめて……あっ！)

ここでようやく凛は気づいた。自分の口が大きく開き、そこからだらりと舌がはみ出していたことに。涙で濡れた瞳はとろんとし、小鼻はぷくりと膨れ、顔全体が汗だくになっている。つまりは、完全に蕩けきった顔だった。

「ダメ、見ちゃダメぇ！」

そんな表情を覗かれていた羞恥に、凛は慌てて顔を背ける。だが、優吾はそんな義姉の頬を両手で挟み、顔を正面へと戻す。

「やだ。義姉さんの可愛い顔、もっと見せて」

真っ赤になった頬を、優吾が愛おしげに撫でてくる。凛が優吾の頬を挟んだ先程とは、逆のパターンだ。

「か、可愛くなんて……あうッ！」

嬉しさと恥ずかしさに目を泳がせたその直後、鮮烈な快感が凛を襲った。頑な美姉を籠絡するつもりなのだろう、優吾が腰の回転数を上げたのだ。

「ああ、綺麗な義姉さんが、こんな可愛い顔をするなんて……好き、好き、義姉さん、大好き……！」

凛の顔を手で固定したまま、ピストンが続く。この姿勢で腰を使うのは苦しいはずだが、優吾は凛を見つめながら、リズミカルに膣道を突いてくる。

（ここで好きを連呼するとか、うちの弟、極悪……ああっ、嬉しくて、また緩んじゃう……ああ、好き、好きよ、私もお前が大好きよ、優吾っ）

ふしだらな表情を覗き込まれる恥ずかしさと、こんな顔でも好きと言ってくれる嬉しさ、そして間断なく揺さぶられる子宮への快楽に、開通したばかりの狭洞が締まり、蠢き、本気汁を垂れ流す。

「あっ、あっ、ああっ！　待って、ああ、待ってぇ……はあぁっ！」

この窮屈な体勢に慣れてきたのか、抽送のギアがまた一段上がった。しかも、義姉の表情からどこをどう突けばより快感を与えられるのかを読み取ったらしく、明らかに特定の場所を狙ってくる。

「義姉さん、ここだよね？　ここをこうすると、気持ちよくなってくれるんだよね？　だって、こんなに顔がとろとろになってるんだから……！」

どうやら凛をとことんまで蕩かすのが狙いのようだった。憧れの姉を快楽で堕とさんとするシスコン弟の執拗な責めに、凛はもはや、屈服寸前だ。

「見ないで、見ないれぇ……！　バカバカ、バカぁ！　あふっ、またそこ、同じところばっかりぃん！　ダメ、ひどいっ、そこ、ホントに弱いろにぃっ！」

舌がだらりと口からはみ出しているせいで、呂律が回らない。恥ずかしくて悔しくてたまらない一方で、愛する弟が普段は見せてくれない雄々しさを前面に出してくれるのが嬉しくもあった。

（ううっ、私はさっきまで処女だったのよ、オナニーしか知らない、ウブな小娘だったのよぉ……それなのにこんな、ママ仕込みの、未亡人殺しのオチ×ポでお姉ちゃんを泣かす、意地悪弟ぉ……！）

急速に迫るオルガスムスの予兆に、女体がぶるぶると震え始めた。ここまで責められてもなお、凛は自らの手によるM字開脚は崩さなかった。だが、強烈な法悦の連続に、抱えていた両脚が徐々に伸び始めていく。

（あ、脚が勝手にぃ……アアッ、ダメ、こんな、こんな浅ましい格好でイクなんて……で、でも、もう無理、絶対に無理、イク、これイク、絶対に思い切りイクやつぅっ！）

窄まる蜜穴から凛の絶頂を感じ取ったのか、優吾のピストンが一気に速まった。つい先程まで処女だった凛が初めて経験する、射精に向けた牡のラストスパートだ。張り出したエラで媚粘膜が擦られるたびに、甘美な悦びが女体を包む。

「ぐうっ、義姉さんのオマ×コ、キツすぎ……うっ、ぐっ、ふぐぅっ！」

弟が歯を食いしばって射精を堪えつつ腰を振るえば、

「らめっ、もっ、イク、イクかりゃ、それ以上はひゃめぇ！」

姉は緩みきった顔を晒し、舌とともに涎まで垂らして喘ぐ。

（あっ、来る、出される、私、優吾に中出しされちゃう、この子に種付けされちゃう……ッ）

義弟の射精を察知した刹那、凛はついに牝悦を極めた。自慰とは比べものにならないほど深くて重いエクスタシーに、長い両脚がぴんっ、と伸びた。M字からV字への、あまりに卑猥な開脚の変化だった。

「あっ、イク……出る……義姉さん……あああぁ!!」

体操選手を彷彿とさせるほど見事なV字開脚を見せる凛を追うように、優吾も大きく身体を仰け反らせ、白濁マグマを発射した。アクメ中の膣壁や子宮を襲う大量の白濁液に、凛はこれ以上は無理なほどに両脚を伸ばしきる。

「ひっ、ひっ、ひぃいぃいィッ！　やっ、やらっ、あぁっ、これりゃめっ、あっ、イッてる、オマ×コ、とっくにイッでるぅンン!!」

絶頂した状態でさらに愉悦を重ねる経験は初めての凛は、随喜の涙をこぼしながら、悲鳴じみた嬌声を響かせる。汗と涙と涎とでぐちゃぐちゃになったイキ顔を優吾に視姦される恥辱すらも悦びとなり、オルガスムスの深みが増す。

（まだ出てる、もうイッてるのに、完全にオマ×コ負けてるのに、それでもお姉ちゃんの子宮に注ぎ続けてるぅ……鬼畜、鬼畜、私の弟、最高に鬼畜ぅん……！）

長い射精が終わり、甘くて深い絶頂が引いたあとも、凛はV字に広げた美脚を、びくびくと小刻みに震わせ続けるのだった。


「あ。見て見て優吾、ここ！」

幸せな余韻をたっぷりと堪能し、互いに名残を惜しみながら身体を離した直後、凛が満面の笑みでベッドの一部分を指さす。なにごとかと目を遣ると、普段、優吾がこまめに洗濯し、交換しているシーツの一部に、赤い染みがついていた。

「これ、私の処女の証拠だから！　ちゃんと確認して！」

「ちょっ、ね、義姉さん、なんでそんなに嬉しそうなの⁉　普通、こういうのって恥ずかしがるもんじゃないの⁉」

「だって私、最初から全然痛くなかったし、その、ええと、思い切り乱れたじゃない？　もしかしたらお前に、初めてじゃないのかって疑われるかと心配になっちゃって」

スリップ一枚だけを纏った美人女子大生は、上目遣いに優吾を見る。

「えっ。僕、そんなの、全然疑ってなかったのに。というか僕、義姉さんの言うこと、基本的になんでも信じちゃうし」

「それもそうなんだけど、ほら、今日のこれは私たちにとって大切な出来事だし。やっぱり、懸念は潰しておきたいじゃない」

「懸念って、大袈裟な」

「大袈裟じゃないわよ。あと、約束も大事。さ、優吾、遠慮なく願いを言って。お姉ちゃん、どんなおねだりでも叶えてやるから」

そう言って凛は正坐をすると、ぐぐっと上体を優吾に寄せてきた。乳房はもうスリップで隠されていたが、胸元から覗く汗で濡れた谷間の色香に、射精直後で柔らかくなっていたはずのペニスにじんわりと熱が戻る。

(約束？　願い？……あ)

『悪いんだけど、肩のマッサージをお願いできる？　もちろん、ただでとは言わないわ。お姉ちゃんを気持ちよくしてくれたら、なにか一つ、お前のお願いをなんでも聞いてあげる』

「思い出したようね。処女のお姉ちゃんをあんなに気持ちよくさせたんだから、遠慮せず、どんな願いでも言ってみなさい」

どんな願いでも、と言ってはいるが、優吾はすぐに凛の本音を察する。

(僕の願いを聞くふりをして、実は義姉さんのおねだりを僕が聞くやつかな？)

弟に全力で甘えるのが大好きな姉と、そんな姉を全力で甘やかすことを至上の喜びとする弟の利害は完全に一致している。だから優吾は、凛がなにを求めているかを急いで推理する。

「義姉さんに、僕の恋人になって欲しいってお願いは、どうかな？」

「もちろんいいわよ。なんなら、恋人をすっ飛ばして、お嫁さんでもかまわないけど？」

シスコン弟の回答に対し、ブラコン姉は最高の笑顔で頷いてくれた。

第四章 淫らに迫ってくる未亡人と女子大生の美母娘

（どちらかを選ぶなんてできるわけないのに）


（中途半端に寝ちゃったわねえ。また眠くなるまで、お酒でも飲もうかしら）

二泊三日の出張を終え帰宅した葉月は夕食後に眠気を催し、ベッドに入った。小一時間ほどで起きるつもりだったが、思っていたよりも疲れていたらしく、目が覚めたらすっかり夜中だった。

（夜中の一時だと、優ちゃんも寝てる頃よね。あの子、早起きだし）

できれば酒のつまみを作ってもらいたいところだったが、さすがにそこまでは甘えられない。葉月や凛のために優吾が作り置きしておいてくれたものが冷蔵庫にあるはずとキッチンに来ると、先客がいた。

「あれ、ママ？　寝てたんじゃないの？」

「目が覚めちゃったから、お酒でも飲もうかなって。あなたは、お風呂入ってたの？　こんな遅くに？」

「うん、ちょっと運動して汗かいたし、軽く食べようかなって。どうせ優吾のことだから、私やママのためになんか用意してくれてるだろうし」

タンクトップにハーフパンツという、ラフな格好の凛は冷蔵庫を開けて中を覗き込む。

（あ……！）

ここで葉月は、娘の肌のあちこちにつけられた赤い跡に気づいた。それが誰によってつけられたキスマークなのかは、すぐにわかった。わかってしまった。

（思ってたより行動が早かったわね。うまくすれば、優ちゃんはわたしが独り占めできるかもって期待してたけど、そこまで都合よくはいかないか）

しかし、葉月は自分でも驚くくらいに冷静だった。遅かれ早かれ、こうなると予想していたためだ。

「少しママに付き合わない？　あなたはまだ、お酒はダメだけど」

「……そうね、たまには母娘水入らずでじっくり話し合うのも悪くないわよね」

母の様子からなにかを感じ取ったのか、凛はどこか警戒する面持ちで頷く。

「それで、優ちゃんは、今は？」

酒とつまみを大量に持ってリビングに移動すると、葉月は早速切り出した。

「さあ。私たちと違って優吾は規則正しい生活してるから、もう寝てる頃でしょ」

母の先制攻撃を軽くかわしつつ、凛はボトルからグラスにアイスコーヒーを注ぐ。もちろん、優吾が作り置きしておいてくれたものだ。

「ママはこれにしよっと」

葉月は、出張先で購入した日本酒を手に取る。

「さ、乾杯しましょ」

「乾杯って、なにに？」

母と娘はコーヒーと酒の注がれたグラスを持ったまま、数秒間考える。そして、同じ結論に達する。

「愛しい息子に」

「愛しい弟に」

グラスが軽く触れ合い、ちん、と軽やかな音が深夜のリビングに響く。それは、同じ男を好きになってしまった女同士の開戦を告げる、ゴングの音でもあった。

「あなた、こんな時間に運動してたの？」

「うん。私もママ同様、運動不足だし。少し前から、優吾に手伝ってもらって、ストレッチとかするようになったんだ」

葉月の「あなた、実はわたしが寝てるあいだに優ちゃんとエッチしてたんでしょ」という追及に対し、凛は「ママと同じ手を使って優吾を誘惑しただけ」と反撃してくる。

「……」

「……」

母と娘はしばらく無言で酒とコーヒーとつまみと軽食を口に運ぶ。

「あ。このおつまみ、美味しい。初めて食べたわ」

「それ、優吾がネットのレシピ見ながら作ってた。ママが喜びそうだからって」

「うふふ、優ちゃんってば。ホント、よくできた子だわ」

優吾に愛されている嬉しさと、凛への優越感につい、頬が緩む。

「ちなみにこっちのは、お姉ちゃんのためにって料理してくれたやつ。まったく、シスコンなんだから」

そんな葉月に、凛も露骨に対抗心を剥き出しにする。

「あら。優ちゃんはマザコンでしょ？」

「まあね。でも、シスコンのほうが重度」

母娘は優吾の手料理を食べつつ、舌戦とも呼べない幼稚な言い争いを続ける。

「……やめましょ。こんなところ、優ちゃんに見られたらみっともないわ」

「同感。優吾に叱られるのは、本気でへこむもん」

小一時間ほど経ったところで、葉月と凛はようやく本題に入った。

「面倒だからはっきり言っちゃうけど……あなた、ママと優ちゃんを取り合うつもりなの？」

「ずいぶんストレートね。ママはどうしたいの？……ううん、こういう言い方は卑怯か。……私は優吾を諦めるつもりはないよ。全然ね。でも……ママと争いたくないってのも本音。払う代償に対してメリットが少なすぎ」

「……！」

実の娘であり恋のライバルがどう対応してくるか、内心ひやひやしていた葉月は、凛のこの返事につい、笑ってしまった。

「ちょっ、なによその反応。バカにしてんの？　わかってるわよ、恋愛まで頭で判断するような、つまらない女だって」

　本人が言うとおり、凛は確かに感情よりも計算を優先する傾向はあった。直感を最優先して、理屈は後回しにする葉月とは真逆の行動原理とも言える。

「ううん、凛らしいなって思っただけ。いいじゃない、わたしみたいに感情だけで動くより。それに……優ちゃんを好きになったのは理屈じゃないんでしょ？」

「うん。気づいたときにはもう、優吾が好きだったもん」

「ちなみに、優ちゃんで一番好きなところは？」

「いっぱいありすぎるし、順番なんてつけられないけど、そうね、今、最初に思い浮かんだのは、あの子が私を好きで、尊敬してくれているところ、かな」

「なに、いきなり自慢？　のろけ？」

「違うってば。……私はずっとずっと、天才デザイナー向江葉月と比較され続けてきたわけよ。私にはママみたいな美的センスは皆無なのに。勉強だって、必死に、人並み以上に頑張ってるだけ」

「……」

　凛のこの悩みは葉月もずっと気づいていた。しかし、原因である自分がなにを言っても逆効果だろうと、敢えて触れないようにしてきた問題だった。

「努力したおかげで、まあ、学業とかはそこそこの結果は残せた。周りの雑音も、以前ほど気にならなくなってきた。だけど、やっぱりママへのコンプレックスは消えない」

凛はグラスに残っていたコーヒーを一気に呷る。

「そんな私を、優吾は、優吾だけは、すっごく褒めてくれるの。自慢のお姉ちゃんだって言ってくれるの。あの子が認めてくれるだけで、私は卑屈にならず、自信を持っていられるのよ」

凛は顔をぐっと葉月に近づけながら、熱弁を続ける。

「優吾はね、お姉ちゃん凄いって、きらっきらした目で見てくれるわけ。まあ、同じ目をママにも向けてるのは悔しいわよ？　でも、私とママを同格に扱ってくれるのは優吾だけなの。……私、あの子がいるから頑張れるんだ」

想いをぶちまけてすっきりしたのか、凛は妙に晴れ晴れとした表情になった。

「なるほどねえ。……あなた、めちゃくちゃ優ちゃんを愛してるじゃない。まあ、ちょっとばかり優ちゃんに依存気味な点は気になるけど、そこも含めて、ママと一緒だし。……やっぱりあなた、わたしの娘なのねえ」

「そりゃね、誰がどう見ても母娘でしょ、私たち。見た目も、中身も」

肩をすくめて笑う娘を見て、葉月は意を決して本題に入る。

「ただでさえ腹芸は得意じゃないし、娘相手にあれこれ策を弄するのもなんだから、単刀直入に言うわ。……わたしは、恋も家庭も諦めたくないの」

最初の夫には、才能を疎まれ、逃げられた。初めて本当の恋と愛を教えてくれた次の夫には、先立たれた。しかし、その夫の忘れ形見である優吾によって再び与えられた女の幸せを、葉月は絶対に手放したくないのだ。

「わたしは女であると同時に、母でもあるの。だから、優ちゃんも凛も一緒に愛したい。……ダメ？」

優吾を母と娘でシェアしたい。そんな、とんでもない提案だった。

「ちょっ、なに、娘相手に上目遣いしてんのよ。え、まさかママ、そんなふうに優吾を誘惑したの？」

「え？　わたし、なにかした？」

「うわ、無自覚、無意識だ、この人。ワガママで身勝手で、しかもエロ可愛い天才とか、ホントにたち悪いなぁ、うちの母親は。……うん、やっぱりママとは敵対するより、共犯になったほうが得策ね」

意味がわからず目を瞬かせている葉月を見て、凛が苦笑いを浮かべる。

「もしかしなくてもママ、あなたに悪口言われてる？」

「ううん、別に。事実を述べてるだけ。……ママが最大のライバルになるだろうとは正直最初から覚悟してたし。……わかったわよ、ママの話に乗ってあげる」

「いいの？　優ちゃんを独り占めできなくなるのよ？　相手は実の母親よ？」

凛を説得できる確率はそれなりにあるとは踏んでいたが、まさかここまであっさりと受け入れられるとは、さすがに予想外だった。

「だって優吾、シスコンだけど、マザコンでもあるし。そもそもあの子がママを見捨てるとか、全然想像できないもの。どこぞの馬の骨に奪われるよりは、ママのほうがマシだわ。これからもよろしくね、ママ」

凛の言葉にほっとした葉月は、はあああぁ……と、深い安堵の息を吐きながら、再びグラスを傾ける。もう何杯目かは忘れたが、この一口が最も美味だった。

「ええ、お互い、優ちゃんに愛想を尽かされないように、そして、わたしたち以外の女に横取りされないよう、協力して頑張りましょう」

「了解。……そうと決まったら、ルールを決めたほうがいいかな」

「あなたって、そういうの好きよねえ」

「母親が好き勝手、感性だけで生きてると、娘はこうなっちゃうのよ」

母娘のあいだに広がる最大の問題が解決したことで緊張が和らいだのか、凛が軽口を叩く。言われっぱなしも少し悔しかったので、葉月も反撃をする。

「ルールと一緒に、罰則も必要じゃない？　たとえば……ママが寝ているあいだに優ちゃんの寝込みを襲ったりする、抜け駆けに対するペナルティとかね？」

葉月は、凛がこれ見よがしにアピールしていたキスマークを指でつつく。

「あ、そっちは昨日のやつ。さっき優吾につけさせたのは、こっち。んふふ、いいでしょ」

凛は恋敵兼共犯者となった葉月に対して、屈託なく笑いながら、優吾との情事を自慢してくる。

「……優ちゃんのシェアについて、早急に取り決める必要がありそうね、凛」

こうしてこの夜、向江家全員の人生を大きく左右する、極めて重要な会談が、優吾抜きで行われたのだった。


（洗濯、よし。ご飯の支度、よし。掃除、よし！）

朝方近くまで自分のシェアについて母と姉が話し合っていたことなど知らず、いつもどおりに早起きして家事を完璧に終わらせた優吾が満足げな笑みを浮かべた直後、

「おはよー、優吾ぉ。……んー……っ！」

　両腕を高く掲げ、大きな伸びをしながら凛がリビングにやって来た。いつぞやと同じスリップ姿の美しくも妖しい義姉の肢体と、真っ白な腋窩にシスコン青年の目が引き寄せられる。

「お、おはよう、義姉さん。っていうかもう昼前だけどね」

「それより優吾、お姉ちゃんの腰、揉んでー。誰かさんにがんがん突かれたせいで痛いのよねー。よいしょっと」

　自分に注がれる優吾の視線に気づいたのか、嬉しげに目を細めた凛はソファに寝そべり、悩ましげに腰をくねらせる。

「ちょ、ちょっと義姉さんっ」

「大丈夫、ママはまだ起きてこないって。昨晩のお酒も、出張の疲れも抜けてないだろうし。あのくらいの歳になると、体力の回復に時間かかるはずだもん」

「誰が、年増の未亡人だって？」

　凛に続いて、葉月もリビングに現れた。今の会話を聞かれたかも、と慌てる優吾だったが、葉月は特になにも言わない。

（よかった、聞こえてなかったみたいだ。……って、義母さんのこの格好はあのときの……！）

葉月はタンクトップとショートパンツという組み合わせだった。凛のスリップ同様、優吾の記憶に深く、強く刻まれている服装だ。言うまでもなく、憧れの義母と初めて結ばれたときの姿である。

（なんで、二人ともこんな……ぐ、偶然、だよね？　深い意味とか、ないよね？）

春らしい爽やかな午前中に似つかわしくない、やけに淫靡な空気が漂い始めたリビングで、優吾は妙な居心地の悪さを覚える。

「そこまで言ってないでしょ。耳が遠くなるにはちょっと早すぎない？」

「なによ、さっきからママを年寄り扱いして。そんなに自分の数少ない長所である若さをアピールしたいのかしら？」

そんな優吾をよそに、母娘の応酬は続く。

「私、もう十九歳だもん。そろそろ二十歳だもん。全然若くないって。ちょおっと運動しただけで腰に来るくらいだし？　今も、優吾に揉んでもらおうとしてたところだし？」

娘は敢えて自分を若くないと言って、倍の年齢である母をからかえば、

「あら、そうなの？　だったら優ちゃん、わたしもお願い。もちろん、若い凛よ

り、年寄りのママを優先してくれるわよね？」

母は年齢を逆手に取り、マッサージの順番を娘から奪おうと反撃する。しかも、

「ほら、わたし、なにがとは言わないけれど、大きくて重いでしょう？　凝っちゃうのよね、首とか肩とか腰とか。優ちゃん、しっかり揉み揉みしてちょうだい」

軽く前屈みになって、ただでさえ豊かなバストをよりアピールして、血を分けた娘に対して対抗してくる。

（わわっ、義母さんのおっぱい、すっごい揺れてるっ。っていうか、またノーブラ!?　先っぽが浮き上がってる……！）

あの夜と同じく、葉月はタンクトップの下になにも着けてないようだった。

「……ちょっとママ、昨日の夜の話し合い、もう忘れたの？　手を組もうって言い出したのはそっちでしょ。なに、本気で実の娘相手にマウント取ろうとしてんのよ。大人気ないなぁ」

横たわっていたソファからむくりと起き上がった凛が、葉月を睨む。

「最初に突っかかってきたのはあなたじゃない。自慢じゃないけど、ママ、心は子供のままなんだから。大人気ないのは当然でしょ？」

「うわ、開き直ったよ、このバツ二の未亡人」

「ちょ、ちょっと義母さん、義姉さん、ケンカはダメだよっ」

詳しい理由まではわからないが、大好きな二人が言い争うのを見てられない優吾が慌てて割り込む。

「うふふ、心配しないで優ちゃん。これは母娘ゲンカじゃないの」

「優吾は私たちより、自分の心配をなさい。これから大変よ、お前」

「ど、どういう意味？」

「ママたちね、昨日、優ちゃん条約を結んだの」

「つまり、お前は今日から、私たちの共有かつ専属の恋人ってこと」

「ど、どういう意味？」

理解の埒外にもほどがある回答に、まったく同じ言葉を繰り返してしまう。

「つまり、優ちゃんはママの恋人であると同時に」

「私の恋人でもあるってことよ。簡単に言えば、当人たち公認の二股ってわけ」

「ええっ!?　なんで、なにがどうしてそんな話になったの!?」

「驚くのも無理はないけど、ホントなの。大丈夫よ、優ちゃんはこれまでどおりにママと凛を愛してくれればいいだけ」

「でも、ちゃんと弟として、お姉ちゃんのお世話も忘れちゃダメよ？」

優吾とは対照的に、葉月と凛は落ち着いている。二人の覚悟を、腹を決めた表情を見て、ようやく優吾もこれが冗談でもなんでもない、事実なのだと思い知る。

（義母さんも義姉さんも、本気、なんだ。本当に二人と同時に付き合えるんだ……！）


同時交際宣言の衝撃にぼうっとしつつも、優吾はそれでもしっかりと愛する二人のためにブランチの支度を整えた。葉月と凛への世話は、もはや考えなくとも勝手に身体が動くまでに優吾に染みついているのだ。

「早速、恋人の優ちゃんにお願いしちゃおうかな。ママにあーんして食べさせてちょうだい。あーん」

「あ、ママ、ずるい！　だったら私にもあーんして、優吾！　あーん」

「ええっ!?　二人とも!?」

驚き、戸惑いの感情はものの数秒で、喜びへと変化した。

「じゃあ、まずは義母さんから。……あーん」

ブランチのメニューは、具だくさんのサンドイッチだった。普段の朝食に比べて手間がかかるため、今日みたいに時間に余裕があるときにだけ優吾が作る、向江家にとっては少しだけ特別な料理でもある。

「あーん。……んふふ、優ちゃんのこれ、ママ、だーい好き」

義母に食べさせたのは、アボカドとスモークサーモン、クリームチーズの濃厚さと、玉ねぎとレタスなどの野菜が爽やかさが絡み合った具のサンドイッチだ。

「ほら優吾、次はお姉ちゃんにも」

「わかってるってば。義姉さんにはこっちを。あーん」

「あーん。……んー、これこれ、やっぱり優吾の料理は最高よね」

義姉には、半熟タマゴと照り焼きチキンをぎっしりと詰め込んだ、ボリュームたっぷりのサンドイッチだ。若く、活動的で健啖家でもある凛が特に気に入っているメニューである。

「優ちゃん、あーん」

「優吾、あーん」

四十一歳の未亡人と十九歳の女子大生が交互に大きく口を開け、優吾にねだってくる。最初は普通に食べていた二人だったが、食欲が満たされてきたのか、次第に悪戯も仕掛けてきた。

「ん。指にアボカドがついちゃってるわね。ぺろっ」

「タマゴの黄身が垂れちゃってるじゃない。れろっ」

わざとはみ出すように食べて、具の付着した指を舐めるという蠱惑的な行為に、優吾はどうにも落ち着かない。そんな優吾の反応を見て味を占めたか、二人はさらに直接的な悪戯を繰り出してくる。

「優ちゃんの指、美味しいわ。はむン……ちゅ、ちゅ、むちゅっ」

「ふふ、お前の指はいい箸休めね。あむっ、むちゅ、くちゅ、ちゅぷっ」

舐めるだけでは飽き足らず、指を咥え、しゃぶり、ねっとりと舐め回すその姿に、優吾はフェラチオ奉仕を連想しないわけがなかった。

（か、義母さんと義姉さんが僕の指をしゃぶってる……わわっ、唇が柔らかい……舌があったかい……ううっ、そんなふうに上目遣いで見つめるとか、こんなの、絶対にエッチな気分になっちゃうってばぁ）

葉月がゆっくり、じっくりと指の根元まで咥えるのに対し、凛は顔を前後に揺すって先端部分を重点的に舐めてくる。この違いはそのまま、母娘の口唇奉仕の違いでもあった。

（オチン×ンしゃぶってくれるときと同じなんだ。いや、二人とも、わざとそう

してるのかも。僕だけじゃなく、お互いに見せつけてるのかも）

優吾を巡っての女の鍔迫り合いは、指以外でも行われた。

「優ちゃん、ママのお口の周り、汚れちゃったみたい。舐め取ってくれる？」

葉月がわざと唇の周りについた具をキスで舐め取らせれば、

「優吾、このチキン、ちょっと硬いわよ。お前が噛んで柔らかくして、それから口移しでお姉ちゃんに食べさせてちょうだい」

凛は恥ずかしさで顔を真っ赤にしながら、母に対抗してくる。

「凛、あなた、そこまでする？」

「マ、ママが大人気なく張り合うせいでしょっ。ほ、ほら優吾、早くっ」

義姉に急かされた優吾は、想像すらしたことのない口移しを実行する。ディープキスとはまた別の、凄まじい興奮があった。

「もぐもぐ……ん……うん、お前の唾が隠し味になって、より美味しかったわよ」

「あー、凛だけずるい。優ちゃん、ママにもしてくれる？」

もちろん、優吾に断るという選択肢は存在しない。結局、残りのサンドイッチはすべて優吾が口移しで二人に食べさせる結果となった。優吾の人生において間違いなく最も淫猥な食事に、若い肉棒が痛いほどに漲る。

（うっ、ま、まずい。昨晩も義姉さんとしたばかりだってのに……！）

しかし、指フェラや口移しを要求してくるほどの母娘が、愛しい彼氏の股間の変化を見逃すわけがなかった。

「んふふふ、優ちゃんったら、デザートも用意してくれるなんて、ホントによくできた息子よね」

「ほら、さっさとオチン×ン出しなさいよ。なに、へっぴり腰になってんのよ」

母と娘は優吾を左右から挟み込み、一気にジャージをずり下ろす。

「ああっ！」

「まあっ……優ちゃんのオチン×ン、今日も立派で元気ねぇ」

「昨日、散々私をいじめたばっかりなのに、まだこんなにがちがちなの？　お前、お姉ちゃんのこと、好きすぎじゃない？」

勢いよく飛び出した若茎を、葉月と凛はうっとりと見つめる。大好きな美女二人に勃起を視姦される興奮に、ペニスはますます猛り、角度を鋭くする。

「あら、なあに凛。どさくさに紛れて、抜け駆け自慢かしら？」

「あのときはまだママとは手を結んでなかったでしょ？　セーフよ。そもそも、最初に抜け駆けしたのはそっちじゃない」

「わたしが優ちゃんと初めて結ばれたときの話？　抜け駆けなんてしてないわよ。ママはあの人との約束をきちんと守ったもの」

「パパとの約束については、私も納得してるわよ。私が怒ってるのは、優吾の成人を待たなかったこと」

母と娘は、優吾の剛直を挟んで睨み合う。無論、本気でいがみ合っているわけでないのはもうわかっているが、優吾とすれば、非常に居心地が悪い。

「ママはちゃあんと優ちゃんの成人、つまり卒業式まで我慢したわよ？」

「そこがフライングだって言ってるの。たとえ卒業式が終わってても、三月いっぱいは旧年度だから自重してよっ」

（ああ、それで義母さん、卒業式直後から急に薄着になったりしたんだ）

義母の態度が突然変わった理由が判明し、優吾は一人、静かに納得する。

「理屈こね回してるけど、単にあなた、自分が海外に行ってるあいだに先を越されたのが悔しいだけでしょう？　優ちゃんの初めては自分がもらおうとか企んでただけでしょう？　なんなら、ママを出し抜く気満々だったんでしょう？」

葉月がふふん、と勝ち誇った顔で言う。

「ち、違うもんっ。私は一般論を言ってるだけで、別にそ、そんな、優吾の童貞なんて欲しくなんか…………欲しかったわよ、もうっ！　処女と童貞を交換し合うって計画だったのに！　ママの卑怯者っ！」

図星を指されたらしく、凛が露骨に悔しがる。そして、怒りの矛先は義弟へと向けられた。

「元はと言えば、お前がとっととお姉ちゃんに告白して押し倒さなかったのが悪いんじゃない！　こんな凶悪なオチ×ポ持ってるのに、なに、ちんたらしてたのよ、優吾のバカっ！」

「ええっ⁉　確かに色々な意味で僕が悪いとは思うけど、怒られる理由がなんかおかしくない⁉……あうっ！」

凛は優吾の肉筒を握ると、前後にしごき始めた。

「黙りなさい。弟はお姉ちゃんに絶対服従する生き物なんだからっ。……ふふ、びくびくして可愛いわよ、お前のオチ×ポ」

「ちょっと凛、優ちゃんのオチン×ンの独り占めはダメでしょ。これはわたしたち二人のものって、昨日、約束したばかりじゃないの」

凛の手をはね除け、今度は葉月が剛直をしごき出す。どちらも比較的単純な動きなのだが、指の感触やスピードが異なり、それぞれ違う快感が走った。

(ああ、義姉さんと義母さんが続けて僕のをいじってくれてる……っ)

すでにそれぞれの手コキは経験済みだったが、連続でされる刺激はたまらなかった。あまりの昂ぶりに、とろとろと先走り汁が溢れてくる。

「わかったわよ。これならいいんでしょ?」

「あうぅっ!」

葉月と凛は左右から挟むように、同時にペニスを握ってきた。一見すると美しき母娘が指を絡めて手を繋いだ姿に似ているが、その中心には、ぎちぎちに膨れ上がった男根がある。

「優ちゃん、どう? ママと凛のしこしこ、気持ちイイ?」

娘と息を合わせて剛直をゆっくりしごきつつ、葉月が尋ねる。

「さ、最高に気持ちイイよっ」

「あーあー、優吾ったら、だらしない顔しちゃって」

ベッドでは優吾以上に緩んだ顔を晒す義姉が、くすくすと笑う。

「ホントは今すぐ、わたしと凛とで優ちゃんとエッチしてもいいんだけど、家族三人で初めてするわけだし、どうせなら想い出に残る感じにしたいの」

「でも、こんなに膨らませてたら、夜まで待てないでしょ？　だから、取り敢えず私とママとで一回イカせちゃうわね。続きは今夜、たあっぷりとしてあげるから、それまで我慢してちょうだい」

（さ、三人で!?　それって、３Ｐってこと!?）

義母と義姉を同時に好きになった優吾は当然、禁断の母娘丼３Ｐを数え切れないほど夢想してきた。しかしこの妄想が実現するなどとは、それこそ夢にも思っていなかっただけに、驚きも大きかった。

「あらあら、オチン×ン、また膨らんだわ。うふふ、そんなにママたちと一緒にしたいのね、優ちゃんは」

「いくらオチ×ポ硬くしても、まだダメ。私とママの手コキで我慢しときなさい」

美人母娘が、手コキの速度を徐々に上げていく。肉体的な刺激はそこまで強くないが、憧れの二人に同時に握られ、しごかれるという精神的な興奮に、優吾は早くも射精寸前まで高まる。が、ここで突然、快感の供給がストップした。

「えっ、えっ!?」

あと少しで爆発できた優吾は、驚きと焦れに切なげに腰を揺する。

「ごめんね。ママたちの質問に答えてくれたら、すぐに続きをしてあげる」

「優吾が初めて、私やママに女を感じた瞬間を正直に白状すればいいだけ。簡単でしょ？　理由も一緒にね」

質問を聞いた瞬間、二つの情景が浮かんだので、それをそのまま伝える。

「なるほど、あのときね。うふふ、わたしもよく覚えてるわよ。そうかあ、優ちゃんはあの頃にはもう、ママをそんなふうに見てくれてたのね。嬉しい」

「へえ、ほお、ふうん。そっかそっか。お前は当時からお姉ちゃんを女として意識してたんだ。ふふっ」

どうやら優吾の返答は葉月と凛に気に入ってもらえたらしく、約束どおりにダブル手コキが再開された。一度は引いた射精感はすぐに戻り、あっと言う間に優吾は追い込まれていく。

「我慢しないでいいのよ。ママのお手々に思い切り出しちゃって、優ちゃん」

「ふふっ、タマタマ迫り上がってきたわね。ほらほら、イケ、イッちゃえ、優吾」

「あっ、あっ、イク、義母さん、義姉さん、ごめんなさい……イク、出る……!!」

優吾は盛大に精液を放出した。謝罪の言葉を発したのは、葉月と凛の綺麗な手を己の欲望汁で穢す申し訳なさのためだ。しかし同時に、義母と義姉の手を凌辱する興奮を覚えていたのも事実だった。

「ああん、優ちゃんの、いっぱい出てるわぁ」

「あはっ、すっごい。お姉ちゃんの手を孕ませるつもりなの、お前？」

そんな優吾のザーメンを、葉月と凛は怒張を握っていたのとは反対側の手でしっかりと受け止めてくれた。あっと言う間に白濁液まみれにされた自分たちの手を、二人はうっとりとした表情で見つめている。

（手でしてもらうだけでもこんなに気持ちイイのに、エッチまでしたら、僕、どうなっちゃうんだろう……）

母娘の指で優しく搾り取られたあと、優吾は自室に引きこもった。葉月や凛を前にしたとき、理性を保っていられる自信がなかったせいだ。

「そろそろ晩ご飯の支度をするかな」

なんとか若干取り戻せた理性は、けれど、すぐに一気に削られてしまう。原因は、キッチンに向かう途中のリビングで遭遇した葉月と凛にあった。

「二人ともどうしたの、その格好は……！」

義母は浴衣を、義姉は高校時代のブレザーを着ていた。

「最近は夜もちょっと蒸すようになったし、これ、楽だもの」

「義母さんの浴衣は、まあ、わかるけど、義姉さんの制服は意味わかんないよ」

「なによ、ママの浴衣はよくて、私の制服はダメってわけ？」

凛は眉根を寄せて、義弟を睨みつける。

「ダメなんて言ってないよ！　ただびっくりしただけで、僕としてはその、ええと……す、凄く、嬉しいし」

優吾は慌てて、偽らざる本心を伝えた。若干言い淀んだのは、凛に気持ち悪いと思われるのでは、と不安がよぎったせいだ。しかし、それは杞憂に終わった。

「ふふ、嬉しいんだ？　でも、なんで？　どうして嬉しいわけ？」

満面の笑みを浮かべた凛は、一年ぶりに着た制服を見せつけるためだろう、その場でくるりと一回転をする。当時よりも短く感じるスカートがふわりと持ち上がり、ちらりと覗いた太腿の白さに、優吾の目が奪われる。

「どうしてって……あっ」

ここで優吾は、数時間前の母娘の質問と、それに対する自分の答えを思い出した。あのとき優吾は、こう答えたのだ。

『昔、みんなでお祭りに行ったときの義母さんの浴衣姿、かな。普段と違う髪型とか、ちらりと見えたうなじが凄く綺麗で、どきどきしたのを覚えてる』

『義姉さんが中学のセーラー服から高校のブレザーになったとき、大人っぽく見えて、しばらくまともに目を合わせられなかったんだ』

「この浴衣着たのって、結構前よね？　どこにしまったのかわからなくて、見つけるのに苦労したわ」

娘に対抗したのか、葉月もとてとてとその場でゆっくりと一回転する。白地に紺の浴衣を纏った葉月は上品さと同時に愛くるしさも感じさせ、こちらにも優吾の目が引き寄せられる。

「じゃあ、僕、急いで晩ご飯の支度するから、義母さんと義姉さんはのんびり待っててね。……ええと」

「ふふ、心配しなくても大丈夫。着替えないで、この格好のままでいるわよ」

義母の浴衣姿と義姉の制服姿をもっと眺めていたい優吾はこの答えに安堵すると、軽い足取りでキッチンへと向かう。

（よーし、今夜はいつも以上に美味しい料理を作るぞー。……ん？）

張り切って調理を開始した優吾の元に、凛が近づいてきた。先程と違い、制服の上には純白のエプロンが着けられている。

「ね、義姉さん、その格好は……！」

久々に見る凛の制服とエプロンの組み合わせに、優吾の心拍数が跳ね上がった。

「ふふ、どう？　男の子って、こういうのが好きなんでしょ？　裸エプロンも考えたんだけど、どっかの誰かさんが先にやっちゃったみたいだし？」

「うっ。か、義母さんから聞いたの？」

「うん。あの人、めちゃくちゃ自慢してきたし、お前との新婚プレイを。実の娘相手に、そりゃもう嬉しそうに。大人気なく」

「ご、ごめん」

「お姉ちゃん、謝罪よりも聞きたい言葉があるんだけど？」

「あっ、す、凄く似合ってるよ。清楚で、可憐で、義姉さんの魅力がさらに引き立てられてて、最高だと思うっ」

「女子大生が女子高生のコスプレして、イタイとか思ってない？」

「まさかっ！　義姉さんは美人だけど可愛いから、全然問題ないよ！　前に見たとき以上に素敵だと思う！」

優吾は脳が揺れるかと思うほど全力で首を横に振る。

「そ、そう？　んふふー、お前、必死すぎよ。まあ、悪い気はしないけど？」

悪い気はしないどころか、露骨に顔を喜びに緩めた凛は、そのまま夕食の支度を手伝ってくれた。

（二人並んで台所に立ってると、まるで）

「まるで新婚夫婦みたいよね、私たち」

優吾の心を読んだようなタイミングで、凛が言う。

「じ、実は今、僕も同じこと、考えてた」

「なるほど。つまりお前も、私と結婚する意思があるってわけね」

ほんのり目元を赤らめた義姉の言葉に、優吾の顔を熱くなる。

「言っておくけど、お前のお嫁さんになっても私、家事はほとんどしないからね？　そこは期待しないでちょうだい」

「なんでも優秀な義姉さんが家事までしたら、僕の存在意義なくなっちゃうんで、むしろそっちのほうがありがたいよ。……そんな義姉さんが僕のためにお弁当作ってくれたときは本当にびっくりしたし、嬉しかったんだ」

普段は滅多に料理などしない義姉が、日頃の感謝と優吾に弁当を作ってくれたのは、凛が高校生になったばかりの頃だ。まだ見慣れぬ高校の制服とエプロンの組み合わせに、嬉しさと同時に妙な艶めかしさを覚えたことをよく覚えている。

「ママの裸エプロンと私の制服エプロン、どっちがいいわけ？」

凛がそんな問いをぶつけてきたのは、完成した料理を運ぶのを手伝おうと、葉月がキッチンに現れたときだった。

「それ、ママも興味あるわねえ」

浴衣姿の葉月は娘を咎めるどころか、息子に回答を迫ってくる。

「どう答えても誰も幸せにならない質問、やめて欲しいんだけど……」

「そうよねえ、やっぱり裸エプロンって新妻のイメージだものねえ。しかもお姉ちゃんの場合、幼妻って属性もぎりぎりつくわけだしねえ」

「とっくに卒業したくせに女子高生コスプレしてるイタイ娘がなに言ってるのよ」

どうにかしてこの質問への返答を回避したい優吾をよそに、母と娘が言い合う。

もちろん本気ではないとわかってはいるが、優吾とすると落ち着かない。

（今からこの調子で、本当に僕、二人とやっていけるのかな？　大丈夫かな？）

大好きな母娘を同時に恋人にできた幸福を噛み締める一方で、若干の不安も覚えてしまう優吾だった。

なんとか無事に夕食を終えたところで、再び優吾の緊張感が高まってきた。このあとに待っているであろう三人での初エッチに対する期待の裏返しである。

（本当に、本当に三人で？　いいの？　僕なんかが、義母さんと義姉さんと？）

「優ちゃんは昔のママの浴衣姿に欲情したって言ってたけど、今でもそう？　ムラムラしてくれてる？」

そんなときに口を開いたのは葉月だった。

「僕、そこまで言ってないよ!?」

「まあ、細かい点はいいじゃない。……で、どうなの、優ちゃん？　今もムラムラしてる？」

「言い方はともかく……い、色っぽいな、とは思ってるよ、もちろん」

「うふふ、ありがと。……久々に浴衣着たら、まだ凛がわたしのミルク飲んでた頃を思い出したわ」

「どういうこと？　ママ」

「あのときにはもう、実質的にシングルマザーだったんだけど、キャラ用の浴衣のデザインのお仕事入ったのよね」

肉体的精神的に追い詰められていた葉月はなかなかデザインをまとめられず、

だったら自分で試してみるか、と浴衣を着用したらしい。

「着てみてわかったんだけど、浴衣っておっぱいあげるのにも結構便利なのよ。ほら、身八つ口あるでしょ？　ここからおっぱい出して授乳するの」

葉月は腕を挙げ、脇の辺りにある切れ目を見せてくる。

（え？　ええっ？　これ、義母さんのおっぱい⁉）

見えてはいけないものを見てしまった優吾が息を呑んだ直後、一緒に身八つ口を覗き込んでいた凛が叫ぶ。

「ちょっ、ママ、見えてる見えてる！　どうして下になにも着けてないの⁉」

「あら、和服の下にはノーパンノーブラが基本でしょ？」

「それ、間違った知識！　っていうか、絶対にわかっててやったでしょ！　優吾を誘惑するために！」

「いいじゃない、どうせこのあと、わたしもあなたも優ちゃんにたくさん可愛がってもらうんだから」

葉月のこの言葉に、凛は「それもそっか」と、つぶやきながら引き下がる。

「ところで優ちゃん、ママの浴衣、着崩れちゃってるから、直してくれない？　もちろん、わたしのお部屋で」

「ちょっとママ、なにさらっと抜け駆けしてんのよ。ここでいいでしょ」

「人前でなんてはしたないわ」

優吾の手首を握り、リビングを出て行こうとしていた葉月がわざとらしい口調で言う。

「身八つ口からおっぱい見せてた人が、なにを今さら」

「心配なら、あなたも一緒に来ればいいでしょ」

結局、三人で葉月の寝室に向かうことになった。

（あ。枕が三つある）

あらかじめ葉月が用意していたのだろう、キングサイズのベッドには枕が三つ並んでいた。それを見て、本当に三人でする実感と興奮が湧いてくる。

「優ちゃん、着付け、直してくれる？」

葉月は優吾に背を向け、身体をすっ、と寄せてきた。浴衣に合わせて髪をアップにしてあるため、白いうなじが視界に飛び込んでくる。

「そう言えば、優ちゃんに襲ってもらったのも、このお部屋だったたっけ」

そんな発言が飛び出たのは、義母の艶めかしい首筋に見惚れつつも浴衣を着付け直しているときだった。

「ケダモノと化した優ちゃんに押し倒されたのよね、あのとき」

「か、義母さんっ」

「要するに、ママが誘惑しただけの話でしょ。今みたいに。なに、そのあざというなじアピール。お尻も優吾の股間にぐいぐい押しつけるとか、露骨すぎ」

「あら、誤解よ？　わたしはただ、せっかく優ちゃんに褒めてもらった浴衣を綺麗に着こなしたいだけなのに」

「どうせこのあとすぐ脱ぐのに？」

「うふふふ」

娘の非難を、母は笑顔で受け流す。

「優ちゃんは、ママの浴衣、脱がしたい？」

「えっと……も、もう少し、見ていたい、かな。久々で懐かしいし、それ以上にその……き、綺麗で、色っぽくて、どきどきするし」

着付けを直し終えた優吾のペニスは、早くも硬くなっていた。義母との初体験を思い出したこともあるが、ヒップを擦りつけられたのが一番の理由だ。

（義母さんのお尻、柔らかくて気持ちイイ。しかもこの浴衣の下には、なにも着けてないみたいだし）

浴衣の生地が薄めとはいえ、さすがに透けたりはしない。けれど、確かに胸元や臀部の揺れは、下着がないようにも感じるのだ。そして、見えないからこそ妄想が刺激され、より昂ぶってしまうのも事実だった。

（ああ、たまんないよ。これ以上我慢なんてできない。こうなったら、また義母さんをこのベッドに押し倒して……）

牡欲を煽られた優吾の理性が飛びかけたその寸前、びたん、と顔面になにかが叩きつけられた。まだ温かさの残る、ブラとショーツだった。

「こら、なにママにだけ盛ってんのよ。私の存在を忘れてるでしょっ」

声の主である凛に視線を向けた優吾は、予想と視覚情報のずれに戸惑う。てっきり全裸になったと思っていた義姉は、先程までと変わらぬ、ブレザーの上に白いエプロンを着けた格好のままだったのだ。

「別に裸になってあげてもいいんだけど、優吾はこういうのも好きっぽいしね」

「あらあら、凛ったら、ママの真似？」

「……」

凛は答えない。つまり、葉月の指摘どおりということだ。

（つまり今、義姉さんはあの制服の下はなにも着けてないんだ……！）

義母の浴衣同様、見た目はなにも問題がない。しかし、その下には魅惑の女体が隠されているのだと想像すると、全裸や薄着とはまた異なる淫靡さがあった。

「へえ？　そっか、優吾は素っ裸だけじゃなくて、こういうのにも興奮するんだ？　ふふ、ヘンタイだね。でも安心なさい。弟のマニアックな性癖を受け止めてあげるのがお姉ちゃんの役目だもの」

そう言ってスカートをつまみ、ゆっくりと持ち上げ始めた。スカートと一緒にエプロンも捲れ、柔らかそうな太腿が露わになっていく。だが、あとちょっとで秘所が見える、というところで手が止まる。

「優吾は私の脚、大好きだもんね。初めてのときも、スリップから覗くお姉ちゃんの太腿、ずっと視姦してたもんね」

「凛ったら、そんな格好で優ちゃんを誘惑したの？　スリップなんて完全にランジェリーじゃない」

「ママだって似たようなもんでしょ。ヨガウェアだのタンクトップだの、私よりずっとあざといわよ」

母と娘が口にする言葉に記憶と興奮が生々しく甦り、肉筒は完全勃起へと至る。それをいち早く察知した葉月がさらに尻を強く押しつけてくる。

「優ちゃん、我慢しないで、あのときみたいにわたしを押し倒していいのよ？　ママはあなたの恋人でもあるんだから」

浴衣姿の未亡人はここで顔を背後の息子に向けてきた。ほんのり染まった頬と、いつもと異なる髪型と服装に、優吾の理性はついに限界を迎えた。

「義母さん……！」

優吾は葉月をベッドへと押し倒した。もちろん、こういうときでも義母を気遣い、手荒に扱ったりなどはしない。

「ああっ、優ちゃん、ダメよ、凛が見てるのよぉ」

「なにがダメよ、めちゃくちゃ喜んでるくせにっ！……優吾、お姉ちゃんも一緒に押し倒しなさい！　エッチも平等にしないと許さないんだからっ！」

凛が自らベッドに上がり、母の横に並んでヒップを突き出す。

「押し倒すもなにも、あなた、もう自分で四つん這いになってるじゃないの」

隣にやってきた娘を見て、葉月が呆れ顔になる。

「私はただママのベッドに上がっただけ。まだ襲われてないもん。ママだけずるい。優吾、ほら、早く私も押し倒してっ」

「ダメよ。優ちゃんは今、ママを押し倒してるの。浴衣やうなじに欲情しちゃった優ちゃんに、力尽くでバックから貪られちゃうのっ」

組み敷かれた美熟女は早く早くと言わんばかりに尻を左右に振って、自分にのしかかった義理の息子の股間を刺激してくる。肉体のみならず言葉でも煽られた優吾は、義母のうなじにキスの雨を降らせる。

「あっ、あんっ、んふんっ……ダメ、あン、ダメぇン」

甘い香りと汗の味を堪能しつつ浴衣を捲り上げると、なにも着けてない肉感的な尻が露わとなった。

（本当にノーパンなんだ……！）

うなじ同様に汗ばんだヒップに触れると、葉月は切なげに腰を揺らし、艶めかしい声を漏らす。隣の凛が恨めしげに自分たちを睨んでいるのはわかったが、すでに理性を飛ばしていた優吾は、もはや止まれない。

「義母さん、義母さんっ」

服を脱ぎ捨て全裸となった優吾は、なにも隠すもののない葉月の股間に顔を埋めた。葉月も軽く腰を浮かし、クンニリングスしやすい体勢を取ってくれる。

「はあぁっ！　んふっ、ふっ、あっ、ダメ、ダメよ優ちゃん、恥ずかしいわっ。凛が見てるのよ……ひンっ！」

葉月が傍らの凛の存在を気にして恥ずかしがっているのは間違いないが、それ以上に昂ぶっているのも事実だ。

(義母さん、いつもより濡れてる。もう、こんなにひくひくしてるし)

大好きな姉を産み出してくれたことへの感謝も込めて、淫猥に蠢く膣穴に口づけし、舌を這わせる。びくん、と跳ね上がる尻を撫で、媚唇を広げ、包皮を剝き、丁寧に指と舌とで愛しい義母を責める。

「ああっ、んふっ、くっ、そんな、あっ、あっ、そこダメ、ダメなの、ああっ、ママ、そこが弱いの、知ってるでしょぉ……ンン……くっ、ふっ、ふうゥッ！」

(そう言えば、初めてのときは義母さん、胸だけでイッたんだっけ)

ふと思い出した優吾は、口唇奉仕をしながら両手を伸ばした。狙ったのは浴衣の身八つ口からの、豊乳だ。手探りで身八つ口を見つけた優吾の指先に、温かく、柔らかなものが触れる。

「あっふ……！　も、もう、優ちゃんってば、ママのオマ×コだけじゃなくて、おっぱいまでいじめるなんてぇ……はふぅっ」

四つん這いの葉月にクンニ奉仕をしつつ、目一杯両手を伸ばしてバストをまさぐるというのは、体勢的には苦しい。しかし、だからといってやめるつもりは、欠片もなかった。

（義母さん、いつもより敏感になってる。やっぱり、三人でしてるせい？）

舌と指の先端に意識を集中し、膣襞、クリトリス、そして乳首といった特に鋭敏な箇所を愛撫する。鼻腔をくすぐる濃密なフェロモン、次々と湧き出てくる愛蜜、切羽詰まってきた嬌声、そのすべてが優吾を漲らせた。

「うっ、ふっ、んふうぅンン！　イヤッ、あっ、ダメ、ねえン、ねえっ、イッちゃう、あっ、ママ、こんなの、すぐに、簡単にイッちゃうのぉ！　あぁーっ！」

（えっ……!?）

責めていた優吾が驚くほどあっさりと、葉月が最初のアクメを迎えた。膣穴にねじ込んでいた舌を締めつけたまま、葉月の尻がびくびくと跳ね上がる。

「嘘、ママ、もうイッちゃったの？　早くない？」

隣で見ていた凛の声が上擦っているのは、驚きに加え、初めて母親が絶頂した瞬間を見たせいだろう。

「だって、だってぇ……優ちゃんったら、クンニだけじゃなく、乳首までいじめてくるんだもの。身八つ口は、おっぱいいじるための穴とは違うのよ？」

葉月は気怠げにベッドの上で反転し、仰向けになる。汗をかいた額や頬にほつれ毛が張りついている様が、たまらなく艶めかしい。

「初めてのときは、ママの中に入った途端にイッたのに、今はもう逆になっちゃったわね。まさか、こんなにあっさりイカされちゃうなんて」

「ちょ、ちょっと義母さん、あのときのことは言わないでよっ」

挿入直後に暴発した苦い記憶が甦り、優吾は顔をしかめる。

「へえ？　お前、ママと初めてしたとき、すぐにお漏らししちゃったんだ？　ママ、詳しく話してよ」

「そうねえ……だったら、優ちゃんと最初に結ばれたときのエピソードを、教え合うってのはどう？　今後は三人で仲良くするんだもの、こういう情報の共有も大切だと、ママは思うの」

（嘘だ。義母さん、ただ単に義姉さんと僕の話を聞きたいだけだ……！）

母の本心は、当然、凛もわかっているはずだ。なのに、凛は数秒だけ迷ったのち、葉月の提案を受け入れた。

「いいわよ。私が日本にいないあいだに、こそこそと抜け駆けした様子をしっかり教えてもらうんだからっ」

どうやら、まだ葉月が抜け駆けしたという恨みが消えていないらしい。

「せっかくだし、言葉だけじゃなくて、実際にそのときのエッチを再現してみよっか？　ママと優ちゃんのときはね、そう、こんなふうに愛し合ったのよ」

浴衣姿の未亡人はどこか挑発するような笑みを凛に送ると、優吾に抱きついてきた。両腕で背中を、両脚で腰を引き寄せ、結合をねだってくる。

「こんな感じだったわよね、優ちゃん？」

「う、うん。その……義母さんに挿れた直後に僕は出ちゃったけど……」

あのときの絶望と羞恥が甦り、全身が熱くなる。だが、それだけだ。確かにあの暴発は童貞にとってトラウマになりかねない失敗ではあったが、すぐに葉月がフォローしてくれたおかげで、恥ずかしさ以外の問題はない。

「優ちゃんのオチン×ンは全然柔らかくならなくて、すぐにわたしを抱いてくれたのよね。そして、ママのオマ×コを優しく、ううん、激しく掻き回してきたの。そう、こんなふうに……アアッ！」

淫語を口にし、踵でぐいぐいと腰を押し、媚びた視線で見上げてくる義母に誘われるまま、優吾は腰を進め、女壺を貫いた。クンニアクメ直後の媚襞は蠢きながら肉棒を甘く、優しく、淫らに包み、締めつけてくる。

「はうぅっ、ああン、優ちゃんのオチ×ポ、たまんない……熱くて、硬くて、逞しいのよお……ひぃっ！」

義姉の咎めるような、あるいは羨むような視線の中で義母を抱く。そんな背徳感溢れる状況に、優吾のペニスはかつてないほどに滾っていた。

「は、初めてのときは、わたしも久々でっ、オ、オマ×コが、塞がってたのっ……アアッ、で、でも、優ちゃんのオチ×ポが、寂しくて、閉じてたママの穴を、もう一度拡げて、開けて、愛してくれたのよお……ひっ、ひぃぃッ！」

生涯忘れることのない義母との初体験を、当の本人の解説つきで再現する異様な興奮の中、優吾は早くもピストンのギアを上げる。浴衣姿の新鮮さも相まって、まるで童貞に戻ったかのごとき、荒々しい突きになってしまう。

「ひっ、ひっ、ここ、ああっ、ここなの、ここを優ちゃんに開けてもらったのよお！　んほおっ、凄いの、がちがちのオチ×ポ、ママの深いところ、いっぱいいじめてるっ、叩いてるぅン！」

長い空閨で狭くなっていた膣奥は今、優吾によってすっかり元通り、否、人妻時代よりも柔らかくほぐされ、男根をしっかりと受け止め、包み込んでいた。

（くっ、義母さんのオマ×コ、めちゃくちゃ絡みついてくる……ッ）

密着しているため、結合部がどうなっているかは目視できない。しかし、腰を振るたびに響く淫靡な水音が、美母の秘所の蕩け具合を如実に物語っている。

「ママ、なんて顔してんのよ……娘の前で晒していい顔じゃないわよ、それ……っ」

初めて目の当たりにする葉月の女の、牝の姿に当てられたのか、凛の顔も妖しく上気していた。清楚なイメージのある高校時代の制服とエプロンと、どこか物欲しげに母と弟を見つめる表情の落差が大きい。

(義姉さんが見てる前で、義母さんとセックスしてるんだ、僕)

凛への申し訳なさすら興奮に変換しながら、葉月を穿つ。童貞卒業のシーンを再現しているとはいえ、あの頃とは違うとアピールするため、腰の動きに変化をつける。

「はほおッ⁉ ああっ、ダメ、優ちゃん、奥、ぐりぐり、ダメぇっ！ そこ弱いの、ママ、すっごく弱いのぉ！」

「知ってる。義母さんはこの辺りをごりごりされるのが好きなんだよね？ こうしてじっくり責められると、腰が勝手にくねっちゃうんだよね？」

男として成長した姿を見せたい。そんな子供じみた自己顕示欲のまま、亀頭で子宮口付近のスポットを集中的に小突く。雄々しく反り返ったペニスは、膣の上側にあるこの場所を狙うには適していた。

「ダメ、ダメ、ダメぇっ！　んおっ、ほっ、はうっ、くねっちゃう、ママ、腰、動いちゃうの、優ちゃんのオチ×ポ、欲しがっちゃうのよおっ！　ひぃーっ！」

「ちょ、ちょっとママ？　優吾？」

加熱する弟と母を前に、凛が狼狽える。初めて見る母の痴態へのショック以上に、自分だけ仲間外れにされていることに困惑しているようだった。

「義姉さん」

シスコンを極限までこじらせた優吾が、そんな姉を放っておけるわけもない。凛に向けて、上に向けた手のひらを差し出す。その意図を理解した凛は頬を赤らめて弟を睨みつけたあと、いそいそと近づき、手を自分の股に引き込んだ。

「ん……っ」

(あっ。義姉さん、もう濡れてる)

予想よりも遥かに夥しく潤んでいた女陰を優しく撫でたあと、中指と薬指をゆっくりと膣口へと潜らせる。母以上に狭い穴は抵抗らしい抵抗を見せず、二本の指を受け挿れてくれた。

「優吾、優吾ぉ……アアッ」

高校の制服とエプロンを着用した若く美しい女子大生は、両膝をついた格好で仰け反る。みちみちと指を締めつけてくる膣肉の感触から、早くも達したのだとわかった。手のひらに感じる温かい液体は、愛液もしくは潮だろう。

「優ちゃん、ママのこともちゃんとかまってぇん……あっ、あっ、イイ、イイのぉ、もっと深く、もっと強くしてぇ！　はあぁっ、あっ、あーっ！」

恋人を娘に取られたくないとばかりに、葉月は腕と脚にさらに力を込め、優吾を抱き締めてきた。同時にピストンのリズムに合わせて自らも腰を揺らし、より奥深くまでペニスを招こうとする。

「んおっ、おっ、しゅごっ……ここ好き、好き、しゅきぃ……んほおっ！」

（わわっ、完全にスイッチ入っちゃった。義母さんの一番エロい顔だ……！）

普段の優しげな笑顔からはまるで想像できない、淫蕩に蕩けた美熟女のよがる表情に、優吾の腰使いが激しさを増す。

「ダメ、ダメ、こっちもしてっ。ママばっかり相手しちゃやだっ」

もちろん凛を忘れるわけもなく、蜜壺に挿れた指を交互に折り曲げ、姉の性感帯を的確に責め立てる。スカートとエプロンで股間が隠れているのが、逆に妄想を掻き立てられ、奇妙な昂ぶりがあった。

（なんだか高校生の頃の義姉さんにいけない悪戯してるみたいだ、これ。ああ、義母さんと義姉さんのマ×コを同時に味わえるなんて……！）

　勃起と指で感じる媚粘膜は、それぞれ異なる。その違いを比べられる母娘丼の醍醐味に、優吾は夢中になって腰と指を使った。

「おっ、おっ、んおっ、らめっ、あっ、奥ばっかり、らめぇ！」

　女の幸せを再び取り戻した未亡人の子宮が降りてくる。

「うあっ、ああっ、イヤ、出ちゃう、イッちゃう、漏れちゃうってばぁ！」

　女の幸せを知ったばかりの女子大生が腰をへこへこと前後に揺する。

（くっ、義母さんの、キツすぎ……でも、あの頃の僕じゃないんだ、絶対に義母さんより先にはイカない！）

　童貞のときとは違うのだと、優吾はラストスパートをかける。しかもただ突くだけではない。急所に狙いを定め、一定ペースで鈴口をぶつけ続ける。

「ほっ、ほっ、ほおオッ！　イク、イッちゃう、ママ、イク、イクの、ああっ、オチ×ポでイグ、果てひゃううぅッ!!」

　限界まで下がっていた子宮を激しく揺さぶられた葉月が、ついにアクメに至った。巻きつけた両脚の踵でぐいぐいと優吾を引き寄せ、腰をしゃくり上げるその卑猥な動きは、子種を残らず搾り取ろうとする、まさに牝の反応だった。

「義母さん、僕も一緒に……ぐぅっ!!」

「ひンッ！　来た、来たろぉ！　あひっ、イク、イッグ、優ちゃんと一緒にぃンン！　んおッ、おおォッ!!」

葉月が先に達したのを見た優吾は、満を持して射精トリガーを引く。しかし、己の欲望を放出するこの瞬間も、凜への責めは止めない。義母の子宮を白濁汁で灼きつつ、義姉の蜜洞を指の腹で激しくしごき、三人同時絶頂を狙う。

「ひっ!?　やっ、イヤ、弱いところばっかりいじめないでぇ！　ひゃっ、あっ、ホントに漏れちゃっ、あっ……あーっ、あーっ、あーっ!!」

執拗にスポットを狙われた凜は、咄嗟に弟の腕を両手ではね除けようとする。が、優吾はかまわず指を動かし続け、凜をオルガスムスへと導いた。

「やだやだ、ダメ……ダメーッ!!」

秘所から噴き出す潮はかつてないほどに大量かつ勢いがあり、優吾の前腕部のみならず、凜のスカートやエプロンも濡らした。

「義母さん……義姉さん……！」

義母の膣襞をペニスで、義姉の熱いイキ潮を手に感じながら、優吾はかつてない興奮に包まれていた。

（ううぅ、こんなに出しちゃったんだ、私……）

優吾の指責めで思い切り潮を噴いてしまった凛は、己の淫汁がシーツ、そして自分の服に作った大きな染みを見て、羞じらう。特にスカートとエプロンの濡れた場所が、まるで失禁したみたいで、とにかく恥ずかしかった。

（でも、すっごく気持ちよかった……。優吾、私よりも私の感じる場所、知ってるんだもん。ここまで恥を掻かせた責任取って、ちゃんと私を娶らせないと）

濡れたスカートとエプロンを脱ぐかどうか悩んでいると、

「ふふ、凛のお漏らしなんて、十数年ぶりに見たわね」

優吾に抱きついたままの葉月が揶揄してきた。言い返したいところだが、自分が噴きやすい体質なのはとっくにわかっているので、ぐっと我慢して堪える。

（あれ、ママなりの照れ隠しなんだろうな。娘の前であんな凄い声出して、本気イキしてたんだもん）

同じ女として、葉月の気持ちは理解できた。

「さ、次は凛の番よ。優ちゃんとの初めては、どんな感じだったの？　どうせあなたは処女だったんでしょう？」

「え。ホントに初めてのときのこと、話すの？」

「わたしにだけ話させるのは、ずるくない？　さあ、詳しく教えてちょうだい」

自分はもう語り終えて気が楽になったらしく、葉月はやけに乗り気だ。

「……わかったわよ。わかったから、さっさと優吾を解放してちょうだい。いつまで抱き合ってんのよ、もうっ」

なかなか優吾を放そうとしない葉月を睨みつけつつ、凛は四つん這いになった。

「あら、初めてのときはバックからしてもらったの？　あなたのことだから、最初は優ちゃんの顔を見ながらがいいとか言い出すかと思ってたんだけど」

「……」

葉月の疑問に対し、凛はなにも答えない。幸い、空気を読める愛しの義弟も無言を貫いてくれた。

「なーんか二人とも様子が変ねえ。……優ちゃん、ホントにこの子と初めてしたときは、こんな感じだったの？」

だが、なにかを察した葉月は起き上がると、優吾の腕にしがみつく。わざと浴衣を着崩して肩や胸を露出する辺りがあざとい。

（あ、ずるい！　私じゃなくて優吾を問い詰めるとか、卑怯！）

優吾が自分を裏切る心配は欠片もしていない。けれど、優吾が葉月に逆らえるとも、まったく思えないのだ。案の定、

「ええと……うん……多分……」

母娘の板挟みになった優吾は、露骨に狼狽え始める。こうなってはもう、嘘をついている、口裏を合わせていると白状しているも同然だ。

「わ、わかったわよ、言うわよ、ホントのこと言うから、優吾に抱きつくのやめて！　自分の息子に色仕掛けしないでよ、ママ！」

「自分の弟に色仕掛けした娘に言われてもねえ」

「あなたの血よ！　ほら、優吾、来なさいっ」

葉月を睨みつけた勢いを借り、凛は俯せから仰向けへと体勢を変える。ただし、処女を捧げたときのように自ら膝を抱えてのM字開脚はしない。

「やっぱり初めてのときは正常位だったのね。……でも、他にも隠してること、あるでしょ」

「……くっ」

嘘をしっかり見抜いた母を憎々しげに睨みながら、凛はあの夜と同じく、自分の膝を持って股を開く。制服とエプロンで股間が隠れているからこそなんとかで

きたが、そうでなければとても実の母の前で晒せる格好ではなかった。

「そんな凄い格好で優ちゃんを誘惑したの？　うふふ、処女のわりには頑張ったじゃないの。でも、そのときは服、着てなかったんでしょ？　脱がないの？」

「ママ、うるさい」

「あ、あの、僕としてはもう少し、義姉さんの制服姿を眺めていたいから、このままじゃダメ？」

凜の羞じらいを察した優吾が、助け船を出してきた。自分が困っているときはいつもこうしてフォローしてくれる弟への想いが、より強くなる。

「まあ、優ちゃんがそう言うなら。……さ、始めてちょうだい」

息子には甘い葉月が、ベッドの端へと下がる。こうなるともう、優吾と初体験の再現をするしかなくなる。

（うう、最近はいつも後ろからしてたから、こうして優吾と向き合うの、恥ずかしい……っ）

じっとこちらを見つめてくる優吾のまなざしに、顔が熱くなるのがわかった。

（ああ、優吾のバカ、そんなにお姉ちゃんの顔、見ないでよ。お前、私のこと、好きすぎでしょ。いいけど。嬉しいけどっ）

覆い被さってきた優吾の股間に目を遣ると、先程まで葉月を穿っていた若竿は、早くも完全復活を遂げていた。

(これって、私が顔を隠してないせい、だよね。だって優吾、さっきからずっと私の顔ばっかり見てるもん)

少し前に優吾に抱かれた際、凜は意識が飛ぶほどの愉悦に溺れた。そして、その際の蕩けきった表情を見られたのが恥ずかしくて、その後もずっと顔を隠せる体位でばかり繋がっていたのだ。

「あ、あの、優吾、ちょっと待っててね？」

弟の真っ直ぐな視線に耐えきれず、凜は枕を取って顔に被せた。これならば、と思ったのも束の間、すぐに枕を奪われてしまう。犯人は葉月だった。

「なるほど。凜は、優ちゃんにエッチのときの顔を見られたくないわけね」

(くっ、またこの人は、無駄に勘がいい……っ)

ここで認めるのは悔しいため、凜は覚悟を決めた。開き直った。

「だ、だからなに？　私はママみたいに恥も外聞もなく喘げないだけだもんっ。

……優吾、ママは放っておいて、早く私を抱いてっ。あのときみたいに、いっぱいいーっぱい、お姉ちゃんを犯して！」

再び膝を抱えてM字開脚のポーズを取った凛の要請に応え、優吾が怒張を股ぐらへと寄せる。スカートとエプロンで秘所が見えないはずなのに、亀頭はすぐに小さな窪みにあてがわれ、ゆっくりと狭洞を貫いてくる。

「ン……おっきぃ……はあぁ、やっぱり優吾のオチ×ポ、凄い……ッ」

二本の指で攪拌された膣道はすっかりほぐれており、義弟の剛直をスムーズに受け挿れる。指より太く、硬く、熱く、長いモノが自分の身体の中を穿ち、深い場所まで侵入してくる違和感は、すぐに悦楽へと変わる。

「優吾、優吾ぉ……あんっ、おっきいよぉ……もう、私の行き止まりに届いてるよぉ……あっ、はっ、はうンンっ」

両脚を抱き上げたまま、凛は軽く仰け反る。

「義姉さんの中、気持ちよすぎる……ああっ、それに……凄く素敵だ……」

そんな義姉に、優吾は熱い視線を注いでくる。スカートとエプロンが多少捲れているものの、着衣が乱れているわけではない。肌の露出もほとんどない。にもかかわらず、優吾は明らかに激しく昂ぶっている。

(優吾ってば、高校の制服着た私とエッチするのが、そんなに嬉しいんだ。興奮するんだ。おっぱいもあそこも隠れてるのに)

ここまで想われている嬉しさと、ならば現役のときに襲ってくれてもよかったのに、という気持ちを同時に抱いているあいだに、いよいよ抽送が始まった。

「はうん！　あっ、んっ、あっ、あぁぁ！　硬い……んんっ、ダメ、ダメ、いきなり、そんな奥まで挿れちゃやだぁんっ……あっ、はうっ、くふんっ！」

「ごめんっ。でも、この格好見てると初めての日のこと思い出して、興奮しちゃうんだ。あのときの嬉しさと幸せが甦ってきて、勝手に動いちゃうんだっ」

（そっか、優吾も私との初めての記憶、大事にしてくれてるんだ。だよね、童貞こそママに奪われちゃったけど、お前の大好きなお姉ちゃんとの初夜は、あのときだもんねっ）

肉体・精神両面の悦びも加わり、快感曲線が一気に上昇する。それにつれて持ち上げた両脚が徐々に伸びていくのを、優吾は見逃さなかった。

「あのときと同じだね。よかった、僕、ちゃんと義姉さんを気持ちよくできてるんだっ」

M字からV字に移行しつつある美脚を見て、シスコン青年が嬉しそうにピストンのギアを上げる。処女喪失時と違い、すっかり弟の形と女の快感を覚えさせられた蜜壺はさらに潤み、屹立を締めつける。

「はっ、はっ、はうっ、あううぅっ！　やっ、あっ、ダメ、強い、深いぃんっ！　ひゃっ、はっ、はひっ、凄っ……アァァッ！」

鮮烈な快楽が女体を駆ける。自分で両脚を抱える姿勢の窮屈さすら、法悦を増幅するスパイスとなる。

（ダメ、ダメ、思い出しちゃう、優吾に初めてをあげたときの幸せと気持ちよさ、全部甦っちゃう、オマ×コが思い出しちゃうよぉ！）

気づけば、両脚は八割方伸びていた。制服のスカートもエプロンもすっかり捲れ、愛液まみれの結合部が露わだ。けれど優吾の視線の先はそこではなく、凛の蕩け始めた顔に固定されていた。

「義姉さん、好き、好き、好きだよっ」

（はうン！　こ、ここで好き好き連発とか、こいつ、ずるすぎぃ！　ああっ、お姉ちゃんの顔をまたとろとろにするつもりなんだ……このシスコンっ）

だらしなく緩んだ顔を好きな男に凝視、否、視姦される恥ずかしさは凄まじい。だが、それと同じくらいに嬉しいし、昂ぶった。

「ダメ、ダメ、こんなひどい顔、見ちゃやあぁっ！」

本心とは裏腹な言葉を口にするあいだにも快楽は増し、表情は淫靡に蕩けていく。そこにはもはや、才媛の面影などない。恋人から与えられる肉悦に溺れる、発情した牝獣がいるだけだった。

(見て、見て、お姉ちゃんがお前にだけ見せる、最高にだらしない顔、もっと見て、目で犯してぇっ！)

急激に高まる快感に口が勝手に開き、舌がだらりとはみ出す。汗や涙に涎まで加わった蕩け顔を、優吾が瞬きすらせずに見つめてくれるのが凛をさらに歓喜させた。

「ひっ、ひっ、ふひっ、もっ、らめ、あっ、あぁっ、はぁあぁぁッ！」

目と勃起で心と子宮を同時に嬲られ、愛でられては、あとはエクスタシーに向けて昇っていくしかない。だが、そこに急ブレーキをかける者がいた。

「なるほど、これが優ちゃんに見られたくないお顔なのね。うふふ、エッチで可愛いわ。食べちゃいたいくらい」

いきなり目の前に現れた葉月の顔に、とろんとしていた凛の目が見開かれる。

「なっ⁉　マ」

ママ、と続くはずだった叫びは、しかし、突然のキスによって奪われた。

(この人、べろまで入れてきたぁ⁉　あっ、なんで優吾、激しくなったの⁉　待って、私、今、ママにキスされちゃってんの！　あとちょっとでイケそうなところを邪魔されてるの！　イクときはお前の顔を見ながらがいいのぉ！）

母娘レズキスに漲ったのだろう、抽送が一気にトップギアに入った。優吾が興奮してくれるのは嬉しいが、そうさせたのが自分だけでない点が悔しい。

「ちゅ、むちゅ、ちゅく……ぴちゃ、くちゅ、ずじゅる……れる……れるれる、れるるぅ……ッ」

それでも、優吾とは違う、ねっとりとした母の舌使いに性感の上昇は止まらない。とろとろと口内に注がれる葉月の涎を、なんの抵抗もなく嚥下してしまう。

（もう、もう、ママのバカぁ！　娘相手に、なにエロいキスしてんのよお！　あん、こんなのぞくぞくしちゃうに決まってる、未亡人熟女のディープキスとか、経験値違いすぎでしょぉ！　完全に反則ぅ……！）

もっとも、実際は凛が思っているほど葉月の経験値は多くない。むしろ少ないくらいだ。テクニックも、年齢を考えれば決して巧みとは言い難い。だが、ついこのあいだまでキスすら知らなかった凛では、さすがに相手にならなかった。

「はむ……むちゅ、ン……んふ、ぅうん……！」

ゆっくり、丁寧に、まるで舌で口内をスキャンするかのようなキスに、次第に凛も妖しい気分に陥る。抵抗しようにも、両手は自身の膝を抱えて塞がっていたし、顔も葉月が両手で固定してきたため、逃げられない。なにより、

（優吾のバカバカ、なに、速くしてんのよ、硬くしてんのよ、滾ってんのよ、スケべっ！　あっ、あっ、あっ、深すぎ、強すぎ、激しすぎぃ！）

レズキスにすっかり当てられた優吾のピストンが強烈だった。凶悪なまでに硬化したペニスは一定のリズムを崩さずに膣奥を叩き、子宮を揺らし、凛を悦楽の園へと追い詰めてくる。

（あっ、イク、イク、これ、絶対にイクやつぅ！　ダメ、よすぎて、どうにかなっちゃう……でも、今なら優吾に蕩け顔、見られないでイケる……！）

急激に迫るオルガスムスの大波から逃れる術はないが、葉月にキスをされているおかげで、だらしなく緩んだイキ顔を隠せることは、唯一の救いだった。が、凛はすぐに、絶望へと叩き込まれる。

「うふふ、凛、イッちゃうのね？　優ちゃんのオチ×ポでオマ×コほじられて、イッちゃうのね？　ああん、やだ、わたしまで興奮してきちゃったわ。娘のとろとろのお顔見てるだけで、ママも疼いちゃう……っ」

葉月は最悪のタイミングでキスを切り上げたが、凛の頬は両手で挟み続けた。

「や、やら、見ちゃダメ……！」

なんとか緩みきった顔を背けようとするたびに、母の手によって阻まれる。そうした攻防のあいだも義弟の抽送は一瞬たりとも止まらず、凛の子宮に快楽を着実に蓄積させてくる。

「義姉さんは蕩けた顔も最高に可愛いよっ。ああ、もっと見せてっ」

汗と涙と涎にまみれ、表情筋の弛緩しきった顔を称賛されつつ見つめられるのは、たまらなく恥ずかしかった。なのに、胸は高まり、蜜壺は蠢き、快楽は募るばかりだ。

「ふっ、ふっ、ふひっ、ひぃっ、ひんっ、ひぃいぃんんっ！」

どうにか顔を引き締めるのだが、いよいよラストスパートに入った優吾の腰使いに、数秒と持たずにまた弛んでしまう。

（無理無理無理、もう、無理、今度こそイク、めちゃくちゃイクぅ！）

これ以上の我慢は無意味と、凛はついにアクメ顔を隠すことを諦めた。どうせならば思い切り弟との情事を堪能しようと開き直り、己を穿つ逞しい勃起に意識を集中する。

「はあぁっ、あっ、あうっ、はうぅぅ！　イイの、イイッ、たまんないッ！

優吾、好きよ、大好きっ！　お願い、して、いっぱいして、お姉ちゃんを思い切りイカせてぇえっ！　アーッ、アァーッ!!」

抱えていた両脚がいよいよ真っ直ぐに伸び、M字からV字となる。ソックスに包まれたつま先がぎゅうっと丸まったり、反り返ったりを繰り返すのは、絶頂が近い証だ。

「イク、イグ、イッグぅ！　アアッ、イヤッ、どうにかなっちゃう……いひっ、ひっ、ひぃいいぃいーッ!!」

びんっ、と美脚を限界まで伸ばし、悲鳴じみた嬌声を響かせ、凛は絶頂した。

優吾と初めて結ばれたときとポーズこそ同じだが、全身を包む法悦の甘さと深さは比べものにならない。

（イク、イク、イッてる、イッてる、イッちゃってるぅ！　ダメ、凄い、こんな凄いの知らない……いつもよりずっとイイ……!!）

この制服を着ていたあの頃は知らなかった女の悦びに身悶える凛に、さらなる追撃がかけられた。

「義姉さ……ウウッ！」

強烈な締めつけに屈した優吾のザーメンマグマが、絶頂の真っ只中の媚襞に容赦なく浴びせられる。灼熱の白濁汁は膣粘膜のみならず子宮をも灼き、凛をより高みへと押し上げる。

「ひぎっ……ひっ、ひっ……ひぃィッ！　ダメっ、今は、今はひゃめえぇっ！　あああァッ!!」

アクメにアクメを重ねた凛は、恋人である弟と、恋敵である母の前で、最高に蕩けたイキ顔を晒すしかなかった。

(凛ったら、凄い格好でイッてる。こんなに綺麗に脚がぴーんと伸びるなんて、羨ましいわ。わたしだったら、途中で脚が攣っちゃうかも。若いっていいわね。こっちはストレッチだけでも大変なのに)

両脚をVの字に伸ばして打ち震える娘の痴態を前に、また優吾にストレッチをしてもらおう、そのときはもちろん薄着で、などと邪なことを考えていた葉月の胸の先端に突然、妖しい快感が走った。

「ひゃあぁっ!?」

犯人は、まだ絶頂の余波で肩で息をしている凛だった。さっきまで自らの膝を抱えていた手を身八つ口から侵入させ、葉月の乳首をつまんだのだ。

「凛、あなた、いきなりなにを……ひンっ」

凛は答える代わりに、浴衣の下ですっかり勃起していた乳首を玩ぶ。今日はまだいじられていなかった分、鮮烈な悦びが広がる。

「なにって、子供が母親のおっぱいを欲しがるのは当然でしょ？」

「子供って、成人した娘がなにバカなことを……はうぅっ！」

優吾に愛撫されるときと違い、同性の、しかも血を分けた実の娘に乳首を責められるのは、想像以上の背徳感があった。

「ちょ、ちょっと凛、あなた、やめ……ああっ」

しかも、そのタッチがかなり巧みだ。同じ女だからこその的確かつ繊細な突起嬲りに、急速に快感が広がる。

「ほら、優吾も反対側からママのおっぱい、いじってあげて」

「う、うん、わかった」

シスコンの息子は姉に言われるまま、反対側の身八つ口に手を潜らせてきた。そしてすぐにはしたなく尖った突起を捉え、刺激を加え始める。

「ひんっ！　くっ、んっ、あっ、あっ、はあああぁっ！」

優吾の愛撫は、明らかに凛とは異なる。けれど、甘い悦びが生じるという点においては、まったく同じだった。

「ダメよ、あっ、先っぽ弱いの、あなたも知ってるでしょ？　ねえ、待って、両方いっぺんに、二人がかりでいじめるとか、ずるいわぁ……ひンっ！」

いつの間にか葉月は、子供たちに仰向けに押し倒されていた。

「今度は私たちでママをイカせるわよ、優吾」

「うん、わかったよ、義姉さん」

率先していたのは凛だが、優吾も乗り気に見えたのが葉月には意外だった。優吾なら姉の暴走を諫める側に立つと思ったからだ。

(優ちゃん、興奮してる。わたしと凛を相手にしたばかりなのに、もう、オチン×ンが硬くなりかけてる……っ)

優吾の股間のイチモツは、二連発直後にもかかわらず、まだ戦闘可能な大きさと硬さを維持している。それはすなわち、葉月が優吾を滾らせるだけの魅力を持っている証左でもあった。

「んー、この穴に手を突っ込んでおっぱいまさぐるのもなんかエッチでいいけど、普通に浴衣はだけたほうが楽かもね。えいっ」

「ああんっ」

凛はなんら躊躇することなく、母の浴衣を思い切りはだけた。

「ああ、義母さんのおっぱい……！」

葉月は浴衣を、凛は制服を着たままだったため、今日初めて露わになった乳房に、優吾が感激した声を漏らす。

(ママのおっぱいなんてもう何度も見せてあげてるのに、なんて嬉しそうな顔するのよ、優ちゃんったら)

Ｉカップのたわわな膨らみに注がれる愛しい男のまなざしに、子供たちにいじられてすっかり硬くなっていた乳首がさらに尖る。

「ママ、勃たせすぎ。おっぱいもおっきいけど、乳首も凄いことになってる」

「きゃんっ！」

その突起が、ぴん、と凛に指で弾かれた。軽い痛みの直後に、じんじんとした疼きが広がり、今度は乳輪までもが卑猥に盛り上がる。

「し、しかたないでしょっ。あなただって赤ちゃん産んで、おっぱいあげて、歳を取ったらこんなふうになるの！」

自分でも気にしていた点を指摘された葉月は、咄嗟に両腕で胸元を隠す。が、その腕をどかそうとしてくる者があった。優吾だった。

「でも僕、義母さんのおっぱい、大好きだよ。大きくて柔らかくて綺麗でふかふかでいい匂いがして、ずっと触ったり吸っていたくなるんだ」

葉月の手首を摑んだ優吾が、ゆっくりと、義母のガードを外す。浴衣から飛び出したバストが再び露わになると、間髪を容れずに左の乳首に吸いつく。

「はうっ⁉ ああ、優ちゃん、ダメ、ダメぇ……ママのおっぱい、そんなに強くちゅうちゅうしたらダメ……アアッ」

すでに一度、本気のアクメを極めていた熟れた女体は、勃起乳首を吸われただけで簡単にスイッチがオンになってしまう。乳首と乳輪は限界まで膨張し、子宮は疼き、蜜穴は新たな愛液の分泌を始める。

「ママだって、ずいぶんととろっとろになってるけど？　いいの、母親が娘や息子にそんなエロい顔見せちゃって？　はむンッ」

「はひいいぃーっ！　アアッ、凜、あなたまでぇ……くぅン！」

空いていた右の乳首に、凜がしゃぶりついてきた。限界までしこった鋭敏な突起を、愛しい子供たちに吸われる妖しい愉悦に、葉月の肢体が震える。

（嘘、ああっ、優ちゃんはともかく、凜にまたおっぱい吸われる日が来るなんてぇ……あっ、こ、これ気持ちイイ……右と左で全然違う……ッ）

優吾が舌を激しく動かして舐め回すような愛撫なのに対し、凛は比較的ソフトな責めだ。だが、吸引する勢いは優吾よりも凛のほうが強い。乳首を唇で挟み、舌先で先端をつつくその吸い方は、かつて赤子だったときの凛を彷彿とさせた。

「はっ、んんっ、あっ、あっ、凛、そ、その吸い方はダメ……ああ、あなたが赤ちゃんだったときのこと、おっぱいが勝手に思い出しちゃうのよおっ」

気づけば、葉月は二人の子供たちに完全に組み敷かれていた。身体の左側を優吾に、右側を凛に押さえつけられているため、ほとんど動けない。

（この歳になってまたお乳吸われるなんてぇ……はあぁ、これ気持ちイイ……乳首、感じちゃう、また赤ちゃん欲しくて、子宮が寂しがっちゃう……！）

母性が刺激された影響で、下腹部がどんどん熱を帯びていく。淫らな昂ぶりが女体を包み、乳首のみならず、クリトリスをも勃起させる。

「義母さんのおっぱい、美味しいよ」

「ママのおっぱい、なんだか懐かしい味がする」

「はあぁっ、あっ、んっ、イヤ……イヤッ……そんなに強く吸わないでぇ……ママの乳首、れろれろしちゃやだぁ……あうッ！」

大人になった息子と娘に同時に乳首を吸われるという倒錯的なシチュエーショ

ンに、未亡人は浴衣を乱して身悶える。裾が乱れ、白い太腿やその奥に隠された濃密な繁り、そして優吾に愛してもらった秘所がちらちらと覗く。

「あら、私と優吾はママのミルクを飲んでるだけよ？　どうしてママはイヤらしい顔で悶えるわけ？」

（くっ、この子、さっきの仕返ししてるんだわ。ああっ、赤ちゃんの頃はあんなに可愛かったのに。……ううん、今も可愛いけれどっ）

腹を痛めて産んだ娘の責めは、乳首だけにとどまらなかった。凛の手がするすると股間へ潜ってきたかと思ったときにはもう、媚唇をまさぐられていた。

「ひぃいいぃぃっ!?　り、凛、やめなさいっ、あなた、どこを……いひィッ！」

「どこって……ママのオ・マ・×・コ、だけど？」

実の娘に女陰をいじられ動揺する母を、凛は乳首を舐めながら上目遣いで見る。かつてこの乳首からミルクを与えたあの愛くるしい赤子に、こんな艶めかしい目で見つめられる未来が来るなどとは、当時は夢にも思わなかった。

（ああ、わたしのお乳を夢中になって吸っていたあの子が、今はこんなエッチな顔でママをいじめてくるのね）

衝撃は大きい。だが、悲しくはなかった。むしろ、同じ男をともに愛せる事実がどこか嬉しくもあり、心強くもあった。

「優吾はそっち側担当ね。こっちは私がやるから」

「う、うん」

姉に命じられた優吾が、葉月の左半身に抱きついてくる。葉月の左脚に押しつけられたペニスの熱さに、秘裂からまたも愛蜜が溢れてしまう。

「ママ、濡れすぎじゃない？　私の指、ふやけちゃいそう」

凛が膣穴を指先で掻き回す。くちゅくちゅと淫猥な水音が立ち、葉月はあまりの恥ずかしさに居たたまれなくなる。しかし、両サイドを子供たちに挟まれているため、逃げ出すどころか、真っ赤になった顔を手で覆い隠すこともできない。

「ねえ凛、優ちゃん、恥ずかしいわ。もう、許してちょうだい」

「それ、さっき、私も散々お願いしたよね？　蕩けた顔、見られたくないって、泣いて頼んだよね？　だから、ダーメ。それに、ホントは私や優吾に責められて、嬉しいんでしょ？　乳首もここも、ぴんぴんだもん」

「あひンンッ！　ダメ、あっ、そこ、そこはホントにダメーッ！」

愛娘は乳首と花弁だけでは飽き足らず、クリトリスにも触れてきた。女の最も鋭敏な尖りはすでに義理の息子の濃密な愛撫によって包皮を剝かれ、勃起させられていたため、ダイレクトに快感が走る。

「んふふ、ママったら、めちゃくちゃ震えてる。クリ、そんなにイイんだ？　どう、娘に一番弱いところいじられる気分は？」

　実母を嬲る背徳的な行為に滾っているのだろう、凛の声が上擦り始めた。

「り、凛だって興奮してるじゃないの。ママは、あなたをこんなイヤらしい娘に育てた覚えはないわよ」

　言われっぱなしは悔しかったので言い返す。

「そうね、単純に私の世話をした時間で言ったら、ママより優吾のほうが長いもの。つまり、私をこんなイヤらしい女に育てたのは優吾ってわけ」

「あら、ママだって、優ちゃんにお世話されっぱなしよ？……なるほど、わたしと凛をはしたない女に躾けたのは、全部優ちゃんの責任なのね」

「そんなわけだから優吾、責任取って、私たちを満足させなさい」

「ダメな母と娘だけど、優ちゃん、これからもお世話してちょうだいね？」

「う、うん、頑張るよ」

　いつの間にか全責任を押しつけられた優吾は、それでも健気に頷く。

「話がまとまったところで……優吾、一緒にママをイカせるわよ」

「え？　ま、待って、わたし、まだ心の準備が……ヒィッ⁉」

母娘に続いて、今度は姉弟が息の合ったところを見せる。愛する娘と息子は再び母親の乳首を吸い始めると同時に、指で秘所を責めてくる。さらに、葉月の左右の脚に、それぞれ股間を擦りつけ始めた。

「ああっ、んっ、はっ、あっ、イヤ、あっ、こんな、こんなぁ……あぁーっ！」

「ふふっ、赤ちゃんの頃よりお乳吸うの、うまくなったでしょ？……オマ×コ、ぐちょぐちょ。私、ここから産まれてきたのよね。なんか不思議な感じ」

凛はかつて自分が生まれ落ちてきた膣道を確かめるように指をくねらせる。実の娘に牝洞をまさぐられる妖しい興奮に、愛液の分泌が止まらない。

「義母さんの乳首とクリトリス、どっちも凄く勃ってる。最高にイヤらしくて、綺麗だよ」

（あなただって、わたしの乳首やクリみたいに勃ってるじゃないのよお……ああん、ダメ、硬いオチ×ポ、そんなにすりすりしちゃダメぇ！）

優吾は勃起した乳首と牝芽をじっくり、ねっとりと責めつつ、精液と先走り汁でぬるぬるの剛直を太腿に押し当ててくる。

「はあぁっ、あんっ、あっ、イヤ、イヤっ、二人がかりなんて、ずるいぃンン……あっ、はっ、これイク、イッちゃう、ママ、おかしくなっちゃうてばぁん！」

愛しい子供たちに挟まれ、女の急所を嬲られる。それは母としても、女としてもたまらない甘美な時間だった。

「ママ、ママっ」

「義母さん、義母さん！」

左右の耳に、自分を呼ぶ声が響く。浅ましくしこりきった乳首を吸われ、舐められ、しゃぶられる。限界まで膨らんだ牝真珠を愛でられ、淫猥な蠕動を繰り返す蜜壺を攪拌される。

「ひっ、ひんっ、イク、イグ、イッぢゃううぅッ！　らめっ、あっ、やっ、見ないれっ、ママのアクメ、見ちゃやだぁ！　おっ、おっ、ほおおおオッ！」

乳首を甘噛みされ、クリトリスをしごかれ、媚壁を抉られた刹那、葉月は母親が子供に聞かせてはならない、ケダモノのごとき声を上げて達した。あまりの愉悦に腰が跳ねるが、両脚をロックされているため、高くは浮き上がらない。

「ほひっ!?　ひっ、やっ、出る、出ひゃう、漏れひゃううぅンンッ！　おっ、おっ、イク、イグ、イッでるの、アアッ、ママ、思い切りイッでりゅうぅッ!!」

がくがくと腰を上下に振るわせ、勢いよくアクメ潮をぷしゅぷしゅと噴き出す。

かつての破水を思い出すほど大量の絶頂汁を凛の手に浴びせかけながらの、壮絶なまでのオルガスムスだった。

（やだやだ、イヤッ、こんなっ、ああっ、子供たちの前でわたし、なんて声をっ、なんて姿をっ！　でも、でもたまんないッ！　わたし、どうにかなっちゃう！　ううん、とっくにおかしくなってるぅっ!!）

左右の乳首、クリトリス、膣道という女体の急所を甘く嬲られた未亡人は、気が遠くなるかと思うくらいの高みまで押し上げられる。

「ほっ、ほっ、んほおオオッ！　無理ぃっ、死ぬ、死ぬぅ！　よしゅぎて、イグの、止まんらい……ひっ、ひっ、ふひぃいぃいいぃッ!!」

娘にスポットを執拗に擦られ、息子に牝真珠をしごかれたまま、葉月はまたも熱い飛沫を二人の手に浴びせるのだった。


大学生になって初めて迎えた夏休みも、優吾は少し前から始めた、アルバイトに励んでいた。ただし最優先は家事、つまり葉月と凛の世話なので、働ける時間は限定的となる。そこで選んだのが、家庭教師だった。

（責任は重大だし大変だけど、拘束時間は比較的短いし、時給も高い。勤務場所

も近い上に、教える子も素直で優秀。僕は本当に運がいいなぁ）

優吾がバイトを始めたのは、義姉と義母にプレゼントを贈るためだ。そして、すでに品は手に入れた。問題は、どのタイミングで二人に渡すか、である。

（今月下旬の義母さんの誕生日に合わせるのが無難だけど、そうすると義姉さんが、自分はおまけかって拗ねる可能性が……）

葉月の誕生日はまた別に祝うのがいいかも、などと考えながら帰宅した優吾を待ち構えていたのは、その二人の美しき恋人たちだった。

「お帰りなさい、優ちゃん」

「お帰り、優吾」

「ただいま、義母さん、義姉さん。……なにかあったの？」

葉月も凛も、今日は仕事と大学が休みなので、家にいるのはおかしくない。こうして優吾を出迎えてくれるのも、珍しくない。しかし、優吾に注がれる視線の険しさは、明らかに普通ではなかった。

「優ちゃんに、ちょっとお話が」

「お前に聞きたいことがある。あとでリビングに来てちょうだい」

「う、うん」

普段は優しい義母と義姉の険しい表情と声にいやな予感を覚えつつ、急いで着替えてリビングへと向かう。

「優ちゃんが実は絶倫なのは、ママたちも重々承知してるのよ」

「え？」

「それが悪いとは言わない。いや、私たちを同時に、平等に扱うためには必須の素養よ。でも、その迸る欲望を他に向けるのは看過できないわ」

「え？」

葉月と凛が浮気を疑っているのだと、すぐにわかった。が、母と姉ひと筋ならぬふた筋の優吾とすれば、まさに青天の霹靂だ。

「浮気を疑ってるの？　どうして？　僕のどこに浮気をする要素が？」

家庭教師をしていることは、二人には説明済みだ。教え子も、高校受験を控えた男子である。

「ほら、わたしも凛も、扱いが面倒なタイプの女でしょ？　母娘揃って」

「こんな女を二人同時に相手して、お前が愛想を尽かしたりしないかと、私たちとしたら不安なの。それに……お前、私たちになにか隠し事してるでしょ？」

凛の指摘は図星だったので、一瞬、優吾の顔が強張る。

（うっ。義姉さん、鋭い。こうなったら素直に白状したほうがいいかも。プレゼントを渡すタイミングで悩む必要なくなるし）

これは逆に好機と捉え、優吾は自室からプレゼントを持ってくる。

「実は、二人への気持ちを形にしたくって、こっそりこんなのを用意してたんだ」

（プレゼントのお礼って、なんだろ。エッチだよね。絶対にエッチする流れだよね、これ。初めてのときみたいに、また浴衣とか制服着てくれるのかな？）

浮気の誤解を解いたこの日の夜、優吾はかつては両親の、現在は自分たち三人の寝室となった部屋のベッドに、タオル一枚だけを巻いた状態で腰かけていた。

（うう、想像するだけでどきどきする。期待で心臓がばくばくしてる）

優吾が義母と義姉と三人ですること自体は、もはや特別ではない。むしろ、日常と言っていい。葉月と凛がなんらかの理由で参加できないときは、以前のようにどちらかと二人きりで睦み合うときもあった。

『こんな素敵なプレゼントもらったら、ママも頑張っちゃう！』

『覚悟しなさいよ、優吾。私たちも本気を見せてやるからね……！』

だが、二人の言葉から、これまで以上のなにかが待ち構えているのは確実だ。

この状況で淫らな期待をしないほうが難しい。シャワーを浴びてきたばかりなのに、興奮で早くも全身が汗ばみ始める。

「お待たせ、優ちゃん。……ほら凛も。なに今さら恥ずかしがってるの」

「ちょっ、ママ、待って、まだ心の準備が……あうっ」

寝室のドアが開き、最初に現れたのは黒いドレスに身を包んだ葉月だった。その母に腕を引かれた凛は、対照的に純白のドレスを纏っている。どちらのドレスも、優吾は初めて見るものだった。

「どうかしら、優ちゃん。ママ、似合ってる？」

まずは葉月が、ゆっくりとその場でターンをする。長いスカートがふわりと舞い上がり、ドレスと同じ黒のストッキングに包まれた脚が覗く。

「も、もちろん！　凄く綺麗だと思う！」

「む。お姉ちゃんはどう？　えいっ」

母への対抗意識か、消極的な態度から一変、凛も葉月以上に勢いよく一回転をして見せた。大きく裾が捲れ、白いガーターベルトストッキングが露わとなる。

「ね、義姉さんも素敵だよっ」

愛する二人の美しさと妖しさに、優吾は興奮を隠せない。

「ふふっ、ありがと。優ちゃんならそう言ってくれると信じてたわ。……ね、言ったでしょ、凛。大丈夫だって」

「そりゃ、ママは過去に何度も着てるから慣れてるだろうけど、私はこれが初めてなんだもん」

「あら。わたし、ウェディングドレス着たの、これが初めてよ？　確かに結婚は二回したけど、式は一度も挙げてないもの。あなただって知ってるくせに」

「あっ、これ、ウェディングドレス!?」

優吾は改めて母娘の姿を見る。確かに、花嫁を彩るに相応しい、華やか、かつ清楚なデザインのドレスだ。愛しい二人の魅力をさらに引き出している。

「実は、少し前からこっそり準備してたの。いつ、優ちゃんにプロポーズされてもいいようにって。でも、こんなに早く出番が来るのは、嬉しい誤算ね」

「さすがに今日は驚いたわよ。いきなり私とママにプロポーズするなんて」

「プロポーズ？……もしかして、あのペアリングのこと？　あ、いや、三つだからペアってのも変だけど」

今日、二人に渡したのは、葉月にはペリドットを、凛にはモルガナイトを付けた特注の指輪だった。それぞれ八月と四月、つまり二人の誕生石だ。予算の関係もあり、自分用のリングにはなにも付けていない。

「だってわたしの誕生日はまだ少し先だし、凛にも渡したってことは、この指輪には別の意味があるのよね？」

見ると、葉月と凛の手にはそれぞれリングケースがあった。

「うん。あれは、僕が二人をこの先も大切にしますって想いを込めたんだ。だからその、プロポーズじゃなくて……」

この誤解は早めに解いておかないと絶対にこじれる、そう思った優吾がやや早口で説明しようとするが、

「なるほどなるほど。私とママを末永く愛するって宣言ね。うん、やっぱりプロポーズじゃない。それ以外には考えられないじゃない」

凛がやけに断定的に言葉を被せてくる。

（あ。これ、プロポーズにしちゃう流れだ。強引に押し切られちゃうやつだ）

当然、優吾も将来的には二人に求婚したいとは考えている。しかし、それはまだまだ未来の話だ。少なくとも、大学を卒業して自分で稼げるようになるまでは求婚はできないと、慌てて告げる。

「ダメよ。優ちゃんはそれでよくても、わたしがダメ。ママ、もう若くないんだ

から。今月で四十二歳になっちゃうのよ？」

以前にも増して実年齢以上に若く見える熟美母が、やたらと愛くるしいポーズと表情で言う。

「そもそも優吾は就職する必要ないし。というか、されたら困る。お前が外に働きに出たら、私とママの世話をする時間がなくなるじゃない。私は弟に身の回りのこと、全部任せる気でいるんだから」

次期社長たる優秀な美姉が、極めて真面目な顔で、極めて残念な発言をする。

「それに、ペリドットの石言葉は『夫婦愛』よ？　こんなのもう、わたしへのプロポーズ以外のなにものでもないじゃない」

「モルガナイトの石言葉は『純粋な愛』。私への求婚としか解釈できないわね」

石言葉までは知らなかった優吾に、黒と白の花嫁衣装を纏った美女たちがじりじりと迫る。恐らく二人も、優吾にプロポーズの意図がなかったのはわかっているはずだ。つまりは、優吾にもはや逃げ場はない。

（まあ、いいか。早いか遅いかの違いだけだし）

ここでそう考えられる時点で、優吾もどこか普通ではないのだが、本人にその自覚はない。

「義母さん、義姉さん。僕と結婚してください。僕は頼りないし、幸せにするなんて誓えないけど、それでも、二人を生涯愛し続けることだけは誓えます」

優吾の一世一代の求婚に対し、葉月と凛は無言でリングケースと、左手を差し出してきた。優吾はそれを受け取り、義母と義姉の薬指にリングを嵌める。

「愛してるわ、優ちゃん」

「愛してる、優吾」

優吾の愛する美女たちの目には、大粒の涙が光っていた。

（まさかこの歳になって、こんなプロポーズをしてもらえるなんて。夢みたい。それも、生まれて初めてのウェディングドレスを着て）

凛の実父である男からは、明確なプロポーズはされていないし、式も挙げていない。流れで結婚した印象が強い。

優吾の父、哲也は持病持ちに加え子連れだったこともあり、結婚には消極的だった。そこを強引に迫って再婚に持ち込んだため、実は葉月のほうが求婚していた。つまり葉月がプロポーズらしいプロポーズをされたのは、今回が初めてとなる。

（優ちゃんが勇気を出してくれたんだもの、次はわたしの番よね）

葉月は左手の薬指に嵌めてもらったばかりのリングを見つめ、改めて決意を固める。覚悟はとっくに決めていたとはいえ、やはり胸の奥がちくんと痛む。

「優ちゃんに指輪とプロポーズのお礼をする前に、一つ、謝らせてちょうだい。わたしは優ちゃんを愛してるわ。でも……あなたのお父さん、哲也さんのことも、やっぱりまだ忘れられないの。ごめんなさい」

優吾に告白されて以降、ずっと心の奥底で引っかかっていたのが、死に別れた前夫の存在だった。哲也の「俺の死後二年間だけは再婚しないで欲しい」という約束はとっくに果たしているが、それでも完全には割り切れずにいる。

「え？　どうして母さんが謝るの？」

「だって、お嫁さんが別の男の人をまだ好きだなんて、イヤじゃないの？」

「全然。僕も父さんが大好きだし。僕が義母さんと義姉さんと出会えたのは父さんのおかげじゃない。むしろ、義母さんが父さんのこと忘れるほうがイヤだ」

優吾の言葉に、葉月の心が激しく震えた。感動と歓喜で言葉が出てこない。

「あ、イヤじゃないけど、悔しい気持ちはあるよ？　同じ男だし、親子だから余計にね。でも、いつかは父さんを抜いて僕が義母さんの一番になるつもり」

そんな葉月に対し、優吾は少し照れくさそうに微笑む。

「ねえ、優吾とパパ、どっちも一番じゃダメなの？」

空気を読んでずっと静かにしていた凛が、ここで初めて口を挟んできた。

「そ、それはさすがに身勝手すぎないかしら」

「大丈夫でしょ。だって身近にいるじゃない、私とママを同じくらい好きって言い続けてる、身勝手なのが。……でしょ、優吾？」

「も、もちろんっ。僕は義母さんも義姉さんも、どっちも一番だよっ。身勝手なのはわかってるけど、本当なんだ」

姉に促された優吾は、力強く、何度も頷く。

「ほらね。だからママも、必要以上に深く考えなくていいんじゃないの？」

「……ホントはあなた、優ちゃんの一番がママなのがイヤなだけじゃない？」

「そ、そんなことないしっ。優吾の一番は私とママで同率だしっ。優吾が最初に好きになったのがたまたまママだっただけで、愛の深さは一緒だもんっ」

どうやら凛は、弟の初恋と童貞を葉月に奪われた件を、まだ悔しがっているらしい。優吾と同じく、血を分けた親子だからこその感情なのかもしれない。

「そうね。優ちゃんはわたしたちを同じくらい愛してくれるって言ったものね」

「うん、僕は義母さんも義姉さんも、どっちも大好きだよ。そこだけは信じて」

「信じてるわ、もちろん。でも、やっぱり言葉だけじゃ不安かも？」

「えっ。じゃあ、どうすれば信じてくれるの？」

「それはもちろん、態度で……ううん、身体で示してちょうだい」

葉月はベッドで四つん這いとなると、ドレスをたくし上げ、極小サイズのショーツを露わにする。ドレスと同じ黒の下着からは盛大に秘毛がはみ出しているのが恥ずかしいが、優吾は期待以上の反応を示してくれた。

「す、凄いよ、新婦さんなのに、こんなエッチな下着なんて！」

「こら、お姉ちゃんにも注目っ。ほらほら！　ママより露出度高いし！　やっぱりウェディングドレスのセールスポイントは背中でしょ、背中っ」

負けじと凛もベッドに上がり、葉月の隣で同じように尻を突き出す。凛のウェディングドレスは背中が大きく露出しており、腰の辺りまでが丸見えだ。

「パンツだってママに負けないくらいエロエロなんだから！」

気になったので娘の股間を覗き込んでみると、ドレスに合わせた純白のショーツは、なんと底の部分がぱっくりと穴が開いていた。

「あなた、新婦がこんなの穿いてるの!?」

「そのセリフ、そっくりママに返してあげる。……さ、優吾、初夜はもちろん、お姉ちゃんとするのよね？」

「ダメよ、優ちゃんとの初夜は、ママが最初なのっ」

四十一歳と二十歳の母娘は卑猥に腰を揺すり、まだ十八歳の新郎に挿入をせがむ。神聖な花嫁衣装に身を包んだ新婦が見せていい姿ではなかった。

「……じゃあ、最初は義母さんから」

だいぶ悩んだ末、優吾が初夜の最初の相手に選んだのは、葉月だった。自分が選ばれた誇らしさと、隣でむくれる娘への優越感に、自然と口元が緩む。だが、その緩んだ口に指を挿れられ、舌を引っ張り出されるとは想定外だった。

（ゆ、優ちゃん⁉）

舌嬲りは今回が初めてではないが、二人きりのときならまだしも、凛の前でされるのはさすがに恥ずかしい。

「いきなりなにやってんのよお前。……あれ？　ママ、そんなに驚いてない？　もしかして、優吾にこれされた経験あるの？」

隣の凛が訝しげに、そして羨ましげに葉月を見つめてくる。

「うん。義母さんが声を僕に聞かれるのを恥ずかしがったときにこうしたんだ」

（ちょ、ちょっと優ちゃん、ダメよ、そんなこと凛に教えちゃダメ！）

「あー、なるほど。わかる。ママが本気で感じ始めると、喘ぎ声、凄いもんね。ケダモノっぽいっていうか」

（ひ、ひどいっ。わたしだって、自分があんなイヤらしい声を出すなんて知らなかったのよっ。優ちゃんがママをこんなエッチな女に仕込んだんだからぁ！）

かつての夫すら知らない本気の喘ぎ声を葉月に出させたのは、間違いなく優吾だ。それは嬉しいが、この事実を娘に知られるのはかなりの恥辱でもある。

「ゆ、優ひゃん、これ、やめへ。恥ずか、ひいいぃっ!?」

熟女の秘裂に甘い痺れが走った。陰部だけをかろうじて隠しているショーツ越しに、熱く、硬く、逞しいイチモツが押し当てられたのだ。

「ごめん、それは無理。この格好の義母さん見てたら、あのときのこと思い出して、我慢できそうにないんだ」

優吾にバックから貫かれ、そのあまりの愉悦に浅ましい声を漏らしまくったときの光景がまざまざと葉月の脳裏に甦る。

「あー、なるほど、そこで優吾、ママのべろを引っ張り出したわけね」

（や、やだ、凛、そんなにママのお顔、見ないでっ。わたし、優ちゃんにされる

と、ホントに蕩けちゃうの、ぐずぐずに溶かされちゃうのよおっ）

薄布越しにペニスを軽く擦りつけられただけなのに、女体は早くも激しく疼き、愛液を分泌し始めている。このまま愛撫を続けられ、挿入されたら、間違いなく乱れまくるという確信があった。

「ウェディングドレス姿の義母さんが綺麗すぎて、我慢できないよ」

極小ショーツがずらされ、すぐに剛直が狭穴に潜った。前戯など必要ないほどにほぐれていた媚襞はこの雄々しい闖入者に対し、まったく抵抗を見せない。それどころか、より奥へと招くように淫靡に蠢く。

「はうぅあああはああぁぁぁーっ!!」

はしたない声が漏れ出る。声だけでなく、涎も溢れてしまうが、舌をつまれているため呑み込むことができず、唇の端からだらだらと垂れ落ちる。

「やっ、やら、優ひゃっ、らめっ……はううゥッ！」

首を振って許しを請うが、抗い、羞じらう義母の姿は逆にマザコン青年を煽る結果を招く。

「ダメ。まだやめないよ。父さんも聞いたことがないくらいの、エッチで、イヤらしくて、とろとろになった義母さんの声を聞きたいんだ」

　実父へのライバル心を隠さなくなった優吾が、さらに腰を進めてきた。若さを誇るかのごとく反り返った怒張が未亡人の女壺を容赦なく抉り、早くも降下を始めていた子宮口へとキスをする。

「ひうぅっ！　んふっ、ふぶっ、ひゃめえぇっ、ほっ、おっ、んほおおっ‼」

　プロポーズで完璧に堕ちていた心に続き、今度は肉体が陥落する番だった。十年間の空閨を埋めてくれた逞しい勃起に、女盛りを迎えた膣壁を強く、激しく擦るたびに、鮮烈な快感が走る。

（このオチ×ポ、凶悪、極悪、鬼畜ぅ！　ああっ、お嫁さんを、新婦さんをこんな動物みたいな格好で奥まで抉るなんて、ひどい、ひどすぎるわっ！）

　舌の自由を奪われたままの葉月は、心の中で優吾を罵る。当然、本気で憤っているわけではなく、自分の半分の年齢の新郎に媚びているだけだ。

「ほっ、んおっ、おふっ、ふうぅぅンン！　おひっ、ひっ、ひゃめっ、あっ、ママのオマ×コ、そんらにひたら、壊れひゃ……んほおオオッ！」

　義母の絶頂が間近と察知した若い牡獣は、一気に止めを刺しにきた。舌を指で玩びながら、猛烈な勢いで腰を振るい、蜜壺を揺さぶる。

「ふひっ、ひっ、ひいぃぃッ！　んおっ、おっ、おっ、ほおオッ！　イぎゅっ、らめ、もぉ、もぉイグ、イッひゃふぐううゥンンンンッ!!」

人生で初めて着たウェディングドレスを大量の唾液で汚しながら、葉月は花嫁に似つかわしくない嬌声とともに達した。

(イッた、イッちゃったぁ……あぁっ、ダメよ、ダメ、ダメ、ママ、イッてるの、思い切りイッてる最中のオマ×コ、オチ×ポでぐりぐりしちゃイヤ……ッ!)

鮮烈なアクメに打ち震える美熟女の媚粘膜を、逞しいイチモツがゆっくりと、けれどじっくりと嬲ってくる。エクスタシーを重ね塗りするかのような、ねちっこい追撃ピストンだった。

「おっ、んおっ、おおおほおお……!」

身体の隅々まで広がる法悦に、涎のみならず、随喜の涙も溢れ、葉月の紅潮した顔を濡らす。

(はあぁぁ、たまんない……イッたあとのオマ×コをいじめられると、ぞくぞくが止まんなくなっちゃうのぉ……!)

そんな至高の余韻を邪魔する者が現れた。

「あーあー、ママ、完っ璧にイッちゃってるじゃない。優吾のピストン、エグすぎ。こういうのは、体力に余裕のある私にやりなさいよね。……さ、ママ、交代交代っ」

初夜一番乗りを葉月に奪われた格好の凛が、ここぞとばかりに優吾のペニスを母から奪おうとする。

「ダメ。優ちゃん、イッてないもの。お婿さんが出すまでが一回でしょう？」

ようやく舌が解放された葉月は、口元の涎を手の甲で拭いながら、娘との交代を拒む。

「でもママ、思い切りイッてたし。ずるい」

「ずるくないわ。大丈夫、すぐに優ちゃんを気持ちよくさせて、あなたと交代してあげるから。……優ちゃん、次はわたしが動いてあげる」

不満を隠そうともしない凛を強引に押し退けた葉月はいったん結合を解除すると、優吾をベッドに寝かせ、その腰に跨がった。

「優ちゃんはじっとしててね。あとはママが全部してあげるわ。……あ」

下腹部に張りつくほど反り返った屹立を引き起こして膣口へ導こうとしたが、ドレスが邪魔で股間が見えない。急いでスカートを捲り、改めて剛直を咥え込む。

「はあああぁっ！　凄いぃ……優ちゃんの、立派よぉ……アアッ」

オルガスムスの余韻が色濃く残る牝壺を垂直に穿たれる悦びに、黒ドレスの末亡人は大きく仰け反る。

「ああ、義母さんの中、温かくて、ぬるぬるで、柔らかくて、気持ちイイよっ」

最愛の男を悦ばせられている事実が、さらに葉月の心と身体を蕩かす。

「うふふふ、優ちゃんのオチ×ポも素敵よ？　ママ、もう、これがないと生きていけないくらいだもの。……ン……ンンッ」

義理の息子に跨がった葉月は、この愛おしい怒張を味わうようにねっとりと腰を回す。膣道全体で勃起の硬さや熱さを感じつつ、徐々に動きを速めていく。

（初めてのときは挿れてすぐに出ちゃったのが嘘みたい。最近はもう、わたしのほうが先にイカされてばっかり。子供の成長はホントに早いものね）

息子の成長をセックスで感じる後ろめたさすら、今の葉月には昂ぶりでしかない。

（あなた、ごめんなさい。そして、ありがとう。あなたの息子のおかげで、わたし、こうしてまだ幸せでいられるわ。母としても、女としても）

天国の亡夫に胸の中で謝罪と感謝をしたそのとき、突然、葉月の視界に真っ白なものが飛び込んできた。純白の花嫁衣装を纏った凛だった。

「優吾、ママだけじゃなくて、私もして。お前は私たちを同時に、平等に可愛がる義務があるんだからっ」

「えっ、義姉さん……ふむぎゅっ⁉」

凛は葉月と向かい合う格好で、優吾の顔を跨いだ。挿入できない代わりに、口と舌で奉仕しろ、ということらしい。

「あはっ、さすが優吾。すぐにお姉ちゃんのオマ×コ、ぺろぺろしてくれるんだ？　あっ、んっ、そう、それ気持ちイイ……あっ、あっ、あはぁ！」

いきなり顔面騎乗された優吾だったが、即座にクンニリングスを開始したようだった。葉月のすぐ目の前で、凛の整った顔が快楽に緩んでいく。

「ちょっと凛、あと少しくらい待てなかったの？」

「待てないもんっ。私の身体、もう、完全に優吾に躾けられちゃったもんっ」

はあはあと息を乱しながら、凛が切なげに尻を揺する。まるで鏡に映った己の痴態を見せつけられているみたいな気分になり、葉月はどうにも落ち着かない。

（む、娘と向かい合って、こんな真似するなんて……）

今さらではあるが、自分たちがいかに淫靡な状況にあるかを改めて思い知る。

「んふふ、私たち、母娘で凄いことしちゃってるね、ママ。二人して花嫁衣装を着て、優吾に一緒に跨がってお尻振ってんだもん」

　上気した顔の凛が、両手をすっと差し出してきた。葉月はその手をすぐに握り返す。指と指を絡ませ、互いの身体を支え合うことでより大きく、より淫らに腰を動かせるようになった。

「はっ、んっ、あっ、優ちゃん、優ちゃん……アアッ、ダメ、オチ×ポ、子宮に刺さっちゃう……ひぃっ！」

「優吾、優吾ぉ……そこ、もっと奥までべろ、挿れてぇ……んふン」

　優吾に跨がったまま、母娘はへこへこと卑猥に腰を揺らす。再びの絶頂が急速に接近する中、凛が不意に口を開いた。

「ねえ、ママはどうして黒いドレスにしたの？」

「それは……もう、あなた色に染まってます、他の誰の色にもなりませんって意味よ。作るときにも説明したでしょ？」

「うん。でも、他にも理由あるよね？　喪服の意味もあるんじゃないの？」

「……っ」

　図星を指摘された葉月は、咄嗟に目を逸らす。と同時に、この会話を聞いた優吾がどう思ったかが気になり出す。

「あ、私はいいと思うよ？　優吾だって、ママにはパパのこと忘れて欲しくないって言ってたし。なによりぃ……めちゃくちゃエロいもん」

「は？……ああっ、凛、なにを……んんんっ！」

にやりと笑った直後、凛は繋いでいた手を離すと、突然葉月のドレスをずり下ろした。ドレスに押し込まれていた豊乳がばるんっ、と飛び出す。そして、その双乳が、娘の手によって荒々しく揉みしだかれる。

「うっわ、やっぱりママのおっぱい、とんでもないね。なにこのサイズ。Ｉカップだっけ？　信じらんない」

「ちょ、ちょっと凛、やめ……アアッ」

突然の胸乳責めに、理解が追いつかない。しかし、葉月以上に困惑しているのは母娘に跨がられた優吾だろう。凛の秘所とドレスで視界が塞がれているため、自分の上で二人がなにをしているのか、まったく見えないはずだからだ。

（あっ、でもオチ×ポ、さっきより元気になってる⁉　優ちゃん、わたしと凛がレズってると思って、興奮してるの？）

それでも聞こえる会話からだいたいの様子は察しているらしく、肉棒の硬度が変化した。萎えるのではなく、逆に硬くなった事実に葉月は驚く。

（ドレスが喪服も兼ねてるってところは、どう思ったのかしら、優ちゃんは）

「うふふ、大丈夫よママ。優吾は怒ってないはず。怒るどころか、興奮してると思うわよ？　男の子ってみんな、未亡人が好きみたいだし」

みんな、と一括りにするのはさすがに言い過ぎだと思ったが、少なくとも優吾が喪服ドレスに萎えていないことだけは事実だった。葉月の蜜穴を穿つペニスの逞しさがその証拠だ。

（そう、なの？　優ちゃん、未亡人のママに興奮してるの？　初夜の新妻が未亡人でもいいの？）

質問の代わりに、腰で円を描いて牡竿の反応を確かめる。確かに、優吾の分身は普段よりも雄々しく猛っていた。

「あーあ、ママはずるいなー。熟女で巨乳で未亡人とか、属性盛りすぎ。私なんて、処女で若くて初婚くらいしか、優吾にアピールできないのになー」

「あ、あなた、ママにケンカ売ってるでしょ……んむんんっ⁉」

母を褒めるふりをして自分の長所を優吾にアピールする凛は、さらに予想外の行動に出た。葉月のバストを両手で揉むだけでは飽き足らず、今度は唇を重ねてきたのだ。当然のように舌も伸ばし、ディープキスをしてくる。

（ちょっと凛、待ちなさい！　ママ、さっきイッたばかりだし、今だってがちが

ちオチ×ポが、子宮をぐりぐりしてる最中なのよっ⁉）

母娘レズキスは二度目だが、今回は凛が葉月の唇を奪うかたちだ。前回の仕返しとばかりに凛は積極的に舌を差し込み、動かし、口内を舐め回してくる。しかも、胸への愛撫も続けられている。

「むちゅ、ちゅ、くぷっ……れるっ……むちゅ、じゅぴ、ちゅ、くちゅ……っ」

一度経験している分、抵抗感は薄い。腹を痛めて産んだ可愛い娘との濃密なキスに、妖しい昂ぶりは増すばかりだ。

（ああん、この子、なんてイヤらしいキスするのよ。あなた、いつも優ちゃんとこんなキスしてるの？　それに……あっ、あっ、やめて、乳首、そんなふうにいじめちゃダメ……ママ、先っぽがホントに弱いんだからぁっ）

かつてミルクを飲ませていた乳首を、細い指先でこしゅこしゅとしごかれる快感に、葉月の小鼻がぷくりと膨らむ。当然、勃起を軸とした腰の動きはどんどん速く、大きく、激しくなっていく。

「ふっ、ふっ、ふーっ、ふっ、ふーっ！」

バックで貫かれているときは息子の指に、騎乗位で跨がっている今は娘の舌によって言葉が封じられる。

(やだ、やだやだ、イク、イッちゃう、今度は凛とキスしたままイッちゃうなんてぇ……あっ⁉)

突然、凛がキスを中断した。若干の物寂しさを覚えたのも束の間、新たな恥辱が葉月を襲う。ブラックドレスを捲り上げた凛が、葉月と優吾の結合部を覗き込んできたのだ。

「ふふっ、ママ、すっごくイヤらしい腰つきしてる」

「きゃあっ！　ダメよ、ダメっ！」

「考えてみたら、私、ここから出てきたのよね。で、今はそこを優吾が貫いてる、と。こういうのも穴姉弟って言うのかな？」

己の実母と義弟が深々と繋がる様に興奮したのだろう、凛の腰も葉月に負けじと加速する。

「ね、ママ、一緒にイこっか」

優吾の顔面に秘部を擦りつけるように激しく腰を振っていた凛が、再び葉月の手を握ってきた。互いを支え合うことで身体が安定した母と娘はウェディングドレスのフリルを揺らしながら、淫猥な動きで快楽を貪る。

「はうっ、はふうぅっ！　ひっ、ひんっ、しゅごっ、あっ、もっと、もっとしてえ！　来る、来ちゃう、またアクメしちゃうンン！　ひっ、ひぃーっ!!」

すでに一度達していた蜜壷はすぐに高まる。凛に嬲られた乳首が痛いほどにしこり、陰核は浅ましく勃起し、子宮は蕩けんばかりに疼く。

（ああ、オチ×ポ膨らんできた、イクのね、出すのね、ママのオマ×コに、今度こそミルク、いっぱい注いでくれるのねっ！）

優吾の射精を予感した媚襞が蠕動し、子宮が下がる。肉筒と亀頭を膣壁と子宮口リングによって刺激された怒張が、ここでついに爆発した。

「ぐむっ、むーっ、むっ、ふううぅーっ!!」

凛の股間からくぐもった声が聞こえた刹那、待ち焦がれたマグマが葉月の最奥部を灼いた。

「はあああぁっ！　あうっ、熱いのっ、おっ、おひっ、ほひいいイッ!!　イグ、イグイグぅんんっ!!」

娘の前ということも忘れ、黒衣の未亡人花嫁はあられもない声を撒き散らし、牝悦を極める。重力に逆らい次々と子宮内に注がれる白濁汁の熱さに、嬌声と痙攣が止まらない。

（あぁぁっ、これ、これぇ！　たまんない……優ちゃんのオチ×ポ汁がいっぱい、オマ×コにいっぱいぃ……!!）

「わ、私もイク、イッちゃう……イヤッ、そんな奥まで舐めちゃやだぁっ！　あっ、あっ、あーっ、あーっ！」

あまりの随喜に涙すらこぼしてオルガスムスに至った母を追うように、今度は純白ドレスの若妻もクンニアクメに達した。葉月に射精しつつも凛への口唇奉仕も忘れなかった優吾だからこその、母娘連続絶頂だった。

（まだ出てる……あぁっ、本気で孕ませるつもりなのね……ママに、またミルクを出させる気なのね……っ）

大きく仰け反った母と娘は、堅く握り合った手で互いを支えたまま、がたがたと快楽の余韻に浸るのだった。

（あぁん、凄かったぁ……優吾ってば、あんな奥まで舌を挿れるんだもん。オマ×コにもディープキスしてくれるなんて、ホント、シスコンなんだからぁ）

いきなり顔面に跨がった凛に対し、優吾は丁寧かつ淫靡なクンニリングスをしてくれた。ごく浅いところまでとはいえ、膣内に潜った舌で舐め回される感覚は、思い出すだけで愛液が分泌されてしまうほど甘美だった。

（粘膜同士の接触って、なんであんなに気持ちイイんだろ。このままずっと、この子の顔に座っていたくなっちゃう）

秘部に当たる息がかなり荒く、苦しげなので、凛は後ろ髪を引かれる思いで腰を上げ、弟の顔面を解放する。優吾の口の周りは、凛の秘蜜でべとべとだった。

（あれ、全部私のエッチな汁なんだ）

申し訳なさと恥ずかしさはあったが、それ以上に凛を衝き動かしたのは、下腹部の切なく、激しい疼きだった。純潔を捧げた愛しい弟によって急速に花開き始めた女体は、舌よりも硬く、長く、雄々しいモノを求め、再度四つん這いとなる。

「ねえ、今度こそ、ママじゃなくてお姉ちゃんを選ぶわよね？」

葉月と並んで尻を向けたときとまったく同じポーズと服装ではあったが、二十歳の幼妻が発する色香は、先程とはまるで違っていた。

（はあん、めちゃくちゃ見てるぅ。ねえ、お前は私のどこに発情してるの？　ウエディングドレス？　ぱっくり開いた背中？　お尻？　それとも……ぺろぺろしてほぐしてくれた、とろとろオマ×コ？）

「これ以上は誰の色にも染まりません」という意図で黒のドレスを選んだ葉月に対し、凛は「私はまだ誰にも染められてない」アピールのための純白だ。

「義姉さん、凄く綺麗だ。それに、色っぽくて、どきどきが止まらないよ」

その可憐なドレスに包まれた凛の背後に、優吾が近づく。首も、肩も、背中も、腰も、ほぼ剝き出しの肌は興奮で赤く染まり、さらに大量の汗で妖しく、艶めかしく濡れ光っている。

「うふふ、ありがと。でも、どきどきだけ？　むらむらはしてないの？」

汗だくの背中に注がれる視線の愛撫を受け止めつつ、凛は自らの手でドレスを捲り上げ、ガーターベルトとショーツに彩られた臀部を露わにする。ぱっくりと割れたショーツの底からは、卑猥にひくつく秘唇が丸見えだった。

「し、してるよっ。義姉さんのオマ×コがずっと目の前にあったんだからっ」

「あら、でもお前のオチ×ポはママのオマ×コばっかりいじめてたじゃない。しかも、あんなに溢れるくらい射精してるし」

凛は目で、傍らで横たわる母を示す。オルガスムスの余韻に浸る葉月の股間には、大量のザーメンが淫らに逆流していた。

「ご、ごめん。今度は義姉さんも、ちゃんと気持ちよくするから……！」

まんまと凛に煽られた優吾が、覆い被さってきた。射精直後にもかかわらず禍々しいほどの硬度と体積を維持している亀頭が、姫割れを擦ってくる。

（あっ、あっ、凄い、ママにあんなに出したばっかりなのに、全然柔らかくなってない。ぱんぱんに膨れてる。これ、私も孕ませるつもりのオチ×ポだ。お姉ちゃんと、ハネムーンベイビーつくりたいんだ、この子……！）

優吾に嵌められた薬指のリングをうっとりと眺めたその直後、待ち焦がれた剛直が凛を穿った。

「あひぃぃいぃいぃーっ！　あー、あっ、あーっ!!」

溜まっていた愛液をぶちゅりと押し出しながら、牡の象徴が膣道を貫く。優吾専用に躾けられた狭洞はまったく抵抗せずにペニスを受け挿れ、女体の最深部までの侵入を許す。

（い、いきなり一番奥にぃ……私の一番大事なところまで来たぁ……あっ、あっ、ダメ、子宮にちゅっちゅされたら、お姉ちゃん、弟チ×ポに簡単に屈しちゃうんだってばぁ！）

クンニアクメでとっくにほぐれていた媚襞が卑猥に蠢き、クリトリスがはち切れんばかりに勃起する。

「くひっ、ひんっ、ひんんっ！　りゃめ、あっ、これイク、さっきのがまた来ちゃう……イック……！」

勃起はまだ数えるほどしか往復していないというのに、凛は舌に続いて、勃起でも絶頂に追い込まれた。

(嘘、こんなに簡単にイクなんて……ああっ⁉)

汗の珠を浮かばせた美尻を震わせている凛に、追撃がかけられた。くびれた腰をがっちり握った優吾が、高速ピストンで蕩け堕ちた膣襞を抉ってくる。

「待って、あっ、ちょっ、あああぁ！　イッてりゅ、わたひ、今、思い切りイッてりゅさいちゅっ……アアッ‼」

過敏になった媚粘膜をエラで擦られる愉悦に、凛は唾を飲む余裕すら奪われる。

(ダメ、激しすぎぃっ！　そこダメ、お腹の奥、ごんごんされたら、私、切なくなっちゃう、ホントにお前の赤ちゃん欲しくなるんだからぁ！)

開きっぱなしとなった唇から涎を垂らしながら、四つん這いの花嫁がよがり、喘ぎ、身悶える。弟に突かれた秘所は、まるで中出しされたかのように本気汁で真っ白に泡立っていた。

「ふっ、ふひっ、んひっ、ひんんッ！　あうっ、やっ、やあぁぁッ！　ダメ、許して……はああアッ！」

言葉とは裏腹に、凛はこの状況を堪能していた。確かに強すぎる快感には怖さも覚えるが、そこまで責められ、求められ、貪られている事実は、ブラコンの凛を最高の気分にしてくれる。

「はうぅっ、好き、好き、しゅきぃ……お姉ちゃん、お前のお嫁さんになりゅうゥン、んひっ、ひんっ、ひぃンン！」

口が勝手に動き、長年伝えられなかった想いを次々とつむぐ。そんな姉の甘い告白に応え、弟の抽送はますます速く、強く、猛々しくなる。

「義姉さん、僕も、僕も好き、大好きだよっ」

「ああっ、嬉しい……！」

「もう、妬けるわね、二人とも。ママも交ぜてちょうだい」

互いの愛を伝え合う姉弟夫婦のあいだに割り込んできたもう一人の新妻は、いきなり娘のウェディングドレスをずり下げた。母ほどではないが、充分に巨乳と呼べる双つの膨らみが弾みながら露わとなる。

「優ちゃん、ママに凛のおっぱいがよく見えるようにしてくれる？」

「え？　こ、こう？」

「ああぁ！」

シスコンであると同時にマザコンでもある優吾は、葉月の指示に即座に従う。

優吾に両肘を握られたと思ったときにはもう、凛の上半身はベッドから浮いていた。隠すもののなくなった乳房を、葉月がまじまじと覗き込んでくる。

「性格はあんまり似てないけれど、おっぱいがおっきいのは一緒なのよね、わたしとあなた。でも、まだまだママのほうが勝ってるけど」

「な、なに、娘相手に胸の大きさでマウント取ろうとしてんのよ……ひゃん！」

母のIカップには負けるが、Gカップの豊かな乳房から、甘い痺れが走った。

葉月が、剝き出しの柔乳を揉み出したのだ。

「こないだはあなたと優ちゃんの二人がかりでママのおっぱいをいじめてくれたでしょ？　そのお返しをさせてもらうわね」

執念深い未亡人が、実の娘の膨らみを愛撫する。どこをどう触れば感じるのかを知り尽くした、同性ならではの巧みな、そして淫らな責めだった。

「いつか、この可愛い乳首からミルクが出る日も来るんでしょうね。でも、ママのほうが先に、また母乳出るようになるかもだし」

はしたなく尖ったピンク色の突起がつままれ、しごかれ、ねじられ、ときには指先で軽く弾かれるたびに、凛の全身を鮮烈な悦びが駆け抜ける。

「あうっ、んっ、ふっ、くひゅっ！　あっ、やだ……やだぁ……ママの触り方、イヤらしすぎぃ……はうぅっ！」

織細なタッチによる甘美な快楽に、凛の肢体がびくびくと跳ねる。

「優ちゃん、もう少し凛の腕、引っ張ってくれる？　ぐっと背中を反らして、ママにおっぱいを突き出すみたいに。……ああ、いい感じよ」

さらに両腕を引き上げられた凛は、まさに葉月に胸を見せつけるかのごとき体勢を取らされた。もちろん、優吾とは繋がったままだし、ピストンもまったく止まっていない。

「義姉さん、苦しくない？　痛くない？」

上半身がほぼ垂直になるまで肘を引っ張られたところで、耳の近くで優吾の声がした。通常のバックスタイルより互いの顔が近づいたため、声に加え、弟の荒い呼吸音もはっきりと聞こえる。

「へ、平気よ……アアッ、でもこの体勢、いつもと感覚が違って、どうにかなっちゃいそう……んっ、ふっ、ふううウゥッ！」

気遣ってくれるのは嬉しいが、尋ねるあいだも優吾の腰は動き続けている。優しく物静かな弟のモノとは思えないくらいに凶暴で獰猛なペニスが、一瞬たりとも止まらずに凛の女壺を抉っているのだ。

「脚を揃えると、楽になるわよ」

「こう?……ひゃあぁぁっ!?」

アドバイスに従い開き気味だった股を閉じてみると、また新たな法悦に包まれた。より強く勃起を感じられるようになると同時に身体も楽になる。

「ああ、義姉さんのオマ×コ、また締まったよっ。ううっ、気持ちイイ……っ」

耳元に聞こえてきた気持ちよさげな声が嬉しくて、きゅん、と子宮の辺りが熱くなる。だが、女体をもっと熱くしてくるものがあった。先程から凛の乳房を玩んでいた葉月だった。

「うふふ、優ちゃんったら、お姉ちゃんのオマ×コに夢中ね。だけど、こうすると、もっともっと締まるわよ?」

「ママ、なにを……ひぃいィッ!」

葉月はそれまでの乳房責めを中断すると、今度は凛の下腹部へとターゲットを移した。左手でへその下辺りを軽く、ぐっ、ぐっと圧迫すると同時に、右手でクリトリスをいじってくる。

「こうすると、オチ×ポがどこまで来てるかわかるでしょ? 凄いわよね、女の身体は大好きな人をこんな深くまで飲み込めちゃうんだから。そして、その人の赤ちゃんもここで育てるの。あなたも、昔はママのここにいたのよ？」

「ひっ、んひっ、ひっ、ダメっ、あっ、ママ、やめっ……んあっ、そこ、ぐりぐり、らめっ、クリも、くりくり、らめぇぇっ！」

胸や乳首に続き、子宮と陰核という、女体の急所も同時に嬲られた。同性、それも経産婦だからこその巧妙な責めに、二十歳を迎えたばかりの凛が抗えるはずもなかった。

（やだ、ママにぐって押されると、奥にあるオチ×ポ、意識しちゃうっ。子宮が赤ちゃん欲しがっちゃう……っ）

受精欲を煽られた花嫁衣装の新妻の性感が急上昇する。母に勃起した牝豆を指でしごかれ、弟に怒張で膣道を穿たれた長女にアクメが迫る。

「義姉さん、凄いよ、ああっ、こんなにキツくなるなんてぇっ」

強烈に窄まる蜜壺と、愛する母娘のレズプレイに極限まで滾った優吾が、遮二無二ピストンを繰り出してくる。身体全体をぶつけるかのごとき力強い突きに、凛はついにオルガスムスを迎えた。

「イッ、イク……イクイクイク……イッちゃ……オマ×コ、イグッ……死んひゃうぅ……ッ！」

弟と母に同時に嬲られた子宮を中心に、凄まじい悦楽が広がった。優吾に引っ張られていた上体がさらに仰け反り、葉月にいじられた勃起乳首が天井を向く。

「義姉さん、イク……出る……ッ！」

後方に倒れそうなほどに背中を湾曲させた凛をがっちりと支えながら、優吾も絶頂する。

「ヒッ、ヒッ、ヒィーッ！　んひっ、いひっ、ヒィーッ！　りゃめっ、あっ、熱いっ、オマ×コ、溶けひゃうぅンン!!　アーッ、アーッ、アァーッ!!」

とっくに陥落していた子宮に浴びせかけられるザーメンシャワーの勢いと熱さに、凛は絶叫じみた嬌声を延々と響かせ続けた。

過去にも経験がある義母と義姉を相手の二連発。優吾が若く、なにより葉月と凛への想いが強いとはいえ、さすがに休まずの三連戦は厳しい。

（す、少し休んで息を整えて……あ、まずは水分の補給だ）

寝室には強めに冷房を効かせているが、それでも三人とも、汗やらなにやらで大量の水分を失っている。

「義母さん、義姉さん、ちょっと待っててね」

こういうとき、自分よりも二人の身体を優先する優吾は急いでキッチンに向かい、よく冷えたスポーツドリンクを持ってくる。

「ありがとう、優ちゃん。でもママ、疲れすぎて一人じゃ飲めないみたい」

「ありがとう、優吾。だけど、女の身体に冷えは大敵って思わない？」

だが、二人は優吾が差し出したグラスを受け取ろうとしない。代わりに、妙に潤んだ目で、なにかをねだるような視線を注いでくる。

（ええと、これは……そ、そういうこと、だよね？）

優吾はすぐに葉月と凛のリクエスト、つまり、口移しに応えた。

「んっ……こく……こくっ」

「んん……んくっ、んくっ、んくっ」

姉と母に口移しで飲ませる行為は、淫靡だった。二人がずっと舌を絡め、剝き出しの乳房を押しつけてきたせいだ。

（改めて見ると……うう、凄い光景だ、これ）

亡夫への追悼と優吾への想いを込めた黒衣の花嫁、葉月。

義弟への一途な恋心と可憐さを表した純白の若妻、凛。

叶うはずがない恋と諦めていた二人が今、こんな服装で自分の目の前にいる。

それぞれを醜い欲望のままに犯し、白濁汁を注いだ直後だというのに、まだ心のどこかでこの状況が夢か幻ではないかと疑ってしまう。

「優ちゃん、どうかしたの？　さすがに連続で疲れちゃった？」

「いいわ、優吾は少し休んでちょうだい。あとは私たちで労ってあげるから」

大丈夫だよ、と答えるよりも先に、母娘は優吾をベッドに仰向けに寝かせると、黒と白、それぞれのウェディングドレスからこぼれた胸でペニスを挟んできた。四方を柔乳で囲まれた若竿に、さらなる僥倖が訪れる。

「優ちゃん、頑張ったわね。いい子いい子。ちゅっ」

「お前はやればできる子。少し休めば、まだまだ頑張れるわよね？　ちゅっ」

（ああ！　義母さんと義姉さんにダブルパイズリされながら、先っぽをぺろぺろされてる⁉　なにこれなにこれ、こんなこと、現実にあっていいの⁉）

黒と白の花嫁たちは、それぞれ己の乳房と口とで一本の牡茎への奉仕を開始した。四つの巨大な膨らみと二枚の舌で愛撫された肉棒に大量の血液が流れ込み、愛しい母娘に見せつけるように雄々しくそそり勃っていく。

「うふふ、さすがわたしたちの優ちゃん。あっと言う間に復活したわね」

「まだまだ初夜の続き、できるわね。できないなんて、言わせないんだから」

分身が完全復活を遂げたのを見届けた葉月と凛は、こてん、とベッドに横たわる。そして、次はそちらの番とばかりに、艶めかしい目つきで優吾を見上げる。

「二人とも仰向けのまま、下半身だけお互いに向けて捻ってくれる？」

今なら長年妄想してきたプレイをできると判断した優吾は、二人に指示を出す。

母と姉は言われたとおりの体勢を取る。

「次は、そのまま脚をVの字に開いて。僕がその脚を肩に担ぐから」

「こう？……ああん、これ、結構キツいわね」

「義母さんは無理しないで。肩じゃなくて、僕の腰くらいの高さでも平気だから」

「ふふっ、ママと違って私は若いもん、楽勝ね」

優吾が考えているのは、松葉崩しと呼ばれる体位の変形だ。上半身は正常位で、下半身は側位に近いスタイルとなる。これならば愛する二人の顔を見つめたまま、素早く、交互に挿入できると考えたのだ。

「ママだって、ちゃんと脚くらい上げられるわよ。ほら。伊達に優ちゃんとストレッチしてないんだから」

持ち上げられた葉月の片脚を、優吾は素早く肩に担ぐ。その流れで、最初の挿入相手は葉月となった。

「あぁぁっ、来た、来たぁン！　んんんっ、凄ぉい、これ、深いところまで来るぅン！　おっ、ほっ、しゅごっ、あぁっ、オチ×ポ、がちがちぃっ！」

「あっ、ママ、ずるい！　優吾、私も、お姉ちゃんにも挿れてっ！」

母に負けじと、今度は凛が高々と片脚を掲げた。ウェディングドレスを着た新妻にあるまじき大股開きに煽られた優吾は、義母から引き抜いた剛直を義姉の狭口へとねじ込む。

「はううンンッ！　いきなり奥までぇっ！　んひっ、イイ、イイッ、もっとして、あぁッ、お姉ちゃんの新妻オマ×コ、ぐちゃぐちゃにしてぇ!!」

葉月も凛も深いオルガスムスを迎えたばかりのため、前戯が必要ないどころか、僅か数回のピストンで早くも次の絶頂を迎えそうな状態だった。

（わわっ、どっちのオマ×コもイク寸前になってるっ。こんなチャンス、この先の人生でもうないかもしれないんだ、できるだけ引き延ばさないとっ）

逆に、二連発直後の優吾には比較的余裕があった。だから、母と姉を焦らす真似までできた。

「はほおっ！　イイ、イイんっ！　ぐりぐりしてっ、奥、もっといじめてぇン！　あぁっ、イッちゃう、イク、ママ、またイク……あぁっ!?」

「ひんっ、たまんらいっ、オチ×ポ、最高ぉン！　しゅきっ、大しゅきっ、アア、イカせて、私のオマ×コ、ぐちゃぐちゃにしてぇ！……な、なんれぇ!?」

アクメの予兆を感じ取るたびにペニスを抜く。常に絶頂直前の寸止め状態にされた二人は、切なげに、恨めしげに優吾を睨んでくる。だが、その涙に濡れた瞳は、かつてないくらいに媚びの色を帯びていた。

（義母さんと義姉さんのこんなに色っぽい表情、初めて見たかもっ。イキたいのにイケなくて悔しそうなのに、だけど、どこか悦んでるみたいな……）

最初はこの至福の時間を一秒でも長引かせるのが目的だったが、次第に葉月と凛の焦れて媚びる痴態を引き出したい気持ちが強まる。また、

「んおっ、おっ、くほおおッ！　もっ、もう無理ぃ、イカせへっ、ママに、オチ×ポで止め、刺してぇ！」

「ダメ、ダメよ、先にお姉ちゃんを堕としてっ！　お前のオチ×ポで、私のオマ×コ、ダメにしてえっ！　アアッ！」

四十一歳と二十歳の未亡人と女子大生を交互に穿ち、その違いを愉しむという男の究極の夢に酔い痴れてもいた。

（凄い、僕、もう死んでもいいっ。なにも思い残すことはないよっ）

それぞれの片脚を担いだまま、葉月と凛の蜜壺を突く。やってみると想像以上に身体に負担がかかる行為だったが、たとえこれで腰が砕けてもかまわないと思わせるだけの快楽と愉悦があった。

「お願いっ、イカせてっ、ママ、もう死んじゃう、切なくて、子宮とオマ×コがどうにかなっちゃうッ！」

「イキたいのっ、私もとっくに限界なのよぉ！　来てっ、オチ×ポでぐちゃぐちゃにしてぇっ！」

いつの間にか互いの手を繋いでいた母と娘が、汗と涙と涎まみれの顔で懇願してきた。優吾はそんな半裸の花嫁たちのもう一方の手を握る。親子三人が輪になったと同時に、優吾はラストスパートをかけた。

「義母さん、義姉さん！　義母さん、義姉さんっ！」

愛する二人を本気汁まみれの怒張で交互に突き、抉り、穿つ。両手が使えないので挿入には少し苦戦したが、それも次第に慣れてスムーズになっていく。

「優ちゃん、好きよ、ああっ、愛してるっ！」

「優吾、好き、好き好き、大しゅきぃっ！」

できるならば永遠にこの瞬間が続いて欲しい。そう願った優吾だったが、ついに終焉のときが訪れた。美人母娘の蕩けきった膣襞がもたらす快感に牡杭が屈した刹那、かつてないほどの量と勢いで精子が噴き出す。

「義母さん、義姉さん、愛してる……うぅっ、ぐっ、うぅぅーッ!!」

どちらか一方などとても選べない優吾が射精場所としたのは、母と姉の顔面とドレスだった。愛と欲望がたっぷりと濃縮された白濁液がペニスから次々と迸り、二人の顔と神聖な花嫁衣装を容赦なく犯し、穢し、凌辱していく。

「んひっ、ひっ、ひぃィッ！　んおっ、おほっ、ほおオッ！　イグ、イッぢゃう、お顔でもイクッ、らめっ、イク、イクイクイグぅううぅーッ!!」

「はうぅッ！　あっ、あっ、熱いぃ……りゃめっ、オマ×コも、顔も、一緒にイッちゃ……アアッ、アーッ、アーッ!!」

同時にオルガスムスに至った母娘は担がれたままの両脚をぴーんと伸ばし、初めての顔射に身悶える。すでに勃起が引き抜かれた膣穴を物欲しげにひくつかせつつ、ぷしゅぷしゅとイキ潮すら噴く。

「おっ、おっ、おほおぉっ……んおっ……はほお……っ！」

「はひっ、ひっ、ふひっ……ひっ、ひぃいぃ……っ！」

それぞれの手を握り合った三人は互いに体液を浴びせかけながら、壮絶なまでの法悦に身体を震わせる。その有様は、初夜と呼ぶにはあまりに卑猥かつ淫靡で、しかし、幸せに充ち満ちたものだった。

「優ちゃん、助けてー。ママ、死んじゃうー。早く来てー」

「義母さん、どうしたの⁉」

愛しい義母の助けを呼ぶ声に慌ててリビングに飛び込んだ優吾は、目の前の光景に既視感を覚えた。

「……もしかして、また脚、攣っちゃったの？」

マットの上で身悶えている葉月は、いつぞやと同じ、肢体のラインがはっきりとわかるヨガウェアを纏っていた。肩や背中、へそまで露わなブラトップと、下半身をぴっちりと包む薄手のレギンスの組み合わせは、目の遣り場に困る。

「そう、そうなのぉ……だから早く、早く助けて……あんっ！　痛い痛い、ダメ、ああん、死んじゃう、これはこれで死んじゃうぅん！」

優吾は急いで攣った箇所をストレッチするが、葉月は暴れて痛がる。しかし心を鬼にして伸ばし続けると、ようやく葉月は静かになった。

「はー、はー、はー……。ありがと、優ちゃん。助かったわ」

「最近はこういうのやってなかったよね？　どうしたの、急に？」

「だって、ママの身体が柔らかいほうが優ちゃんも色々と嬉しいでしょ？」

なについて言っているのかを理解した優吾の耳が熱くなる。

「そ、それは……うん、まあ」

「でしょ？　こないだの……ええと、松葉崩しだっけ？　あれやった次の日、ママ、筋肉痛になっちゃったもの」

自分のために運動してくれていたのだとわかり、優吾の胸が熱くなる。

「僕を呼ぶより、義姉さんに助けを求めたほうが早かったんじゃ？」

リビングのソファには、これまたやけに薄着の義姉が座り、なにかの作業をしているようだった。シルク地の白いキャミソールから覗く肩や胸元に、どうしても目が引き寄せられてしまう。裾から覗く太腿も実に凶悪だ。

「やだ。凛に頼むと、思い切り脚をぐいぐいするに決まってるもの。優ちゃんみたいに優しくないもの」

「失礼ね。私だって充分優しいつもりだけど？　ママがわがまま898すぎるだけ。優吾もあんまりその人を甘やかさないで。これ以上わがままになったら困るし」

「このくらい、普通じゃないの？」

葉月を甘やかしている自覚がない優吾は首を傾げる。

「はぁ……。お前がそんなふうに甘々だから、ママがつけ上がるのよ。……ところで優吾、ちょっと手を貸してちょうだい」

「うん、もちろん」

凛を甘やかしている自覚もない優吾は首を縦に振る。

「あなただって優ちゃんに甘えっぱなしのくせに」

葉月が娘に文句をぶつけるが、凛はまったく相手にしない。

「それで、僕はなにをすればいいの？……わっ！」

優吾が驚いたのは、突然凛が腕を上げ、腋窩を曝け出してきたためだ。

「さっき処理をしたんだけど、綺麗にできてるか、確認してくれる？」

「ええっ!? そ、そういうのって、女の人が一番恥ずかしいやつじゃないの!?」

「は、恥ずかしいに決まってるじゃない。でも、自分じゃよく見えないし」

頬を染め羞じらう姉の表情に、優吾の胸が高鳴る。

「ちょっと凛、はしたないわよ」

「しかたないでしょ。まだ学生の私はエステなんて、そうそう行けないんだから。誰かさんみたいに」

「う」

「最近は特に頻繁に行ってるようだし。どうせ、優吾のためなんでしょ？」

「そ、それこそしかたないでしょ、あなたと違ってわたしはもう若くないんだし。……いいわ、だったら凛も一緒にエステに連れて行ってあげる」

「うーん、それもいいけど、私は優吾に手伝ってもらうからいいや」

そう言うと凛は再び腕を上げ、柔らかそうな腋を優吾に見せてきた。弟に晒す羞恥と興奮のためか、先程と比べ若干汗ばんだ蠱惑的な窪みに、優吾は知らず、生唾を呑み込む。

「ほら、ちゃんと綺麗にできてるか、じっくり見てちょうだい。に、匂いとかも、チェックしていいのよ？」

言外に「匂いを嗅げ」と言われた優吾は素直に顔を近づけようとしたが、

「ダメ！」

それは身体を割り込ませてきた義母に阻まれた。

「ちょっとママ、邪魔しないでよ。姉が弟に身だしなみのチェックをしてもらうのは、普通のことでしょ？　ほら優吾、お姉ちゃんの背中も調べて。腋と一緒で、ここも自分じゃよく見えないのよね」

ソファの上でくるりと反転した凛は、両手で髪を掻き上げ、首筋や背中を露わにする。美しさと艶めかしさ、そのどちらも感じさせるうなじや肩甲骨に思わず見惚れていると、

「ねえ優ちゃん、ママ、お尻も攣りそうなの。前みたいに、ぐいぐいマッサージしてくれない？」

葉月が優吾の目の前でごろりと俯せに寝転がった。薄いストレッチ生地のレギンスに押し込まれた熟女の大きなヒップと、むっちりとした太腿に、目を奪われてしまう。

「ママは運動不足なだけでしょ。外でウォーキングでもしてきたら？」

「イヤよ、こんな暑い時期に外出なんて。ああ、だけど優ちゃんがデートしてくれるんなら、ママ、どこだって行っちゃうわ」

「ダメ。優吾はこのあと、私のむだ毛処理のお手伝い」

「いくらお姉ちゃんだからって、そこまで甘えるのはおかしくなぁい？」

「でも、優吾は嬉しそうだけど？　大好きなお姉ちゃんの恥ずかしい場所を、好きなだけ触ったりいじったり、匂いまで嗅げちゃうんだもんね？」

「もう、この子ったら。……優ちゃんはわたしと凛、どっちのお世話をしたい？

もちろん、ママよね？」

初恋相手の義母はゆっくりと起き上がると、軽く前屈みになり、ただでさえ深い胸の谷間をさらに強調する。

「手伝ってくれないと、私、肌が出る夏服が着られない。つまり、外出できなくなっちゃう。大学にも行けない。だから優吾は、私のお世話をしなさい」

憧れの義姉は再び優吾に正対すると、頭の後ろで手を組み、両腕を見せつけてきた。カップ付きではないキャミソールには、つんと尖った乳首がはっきりと確認できる。

（どっちかを選ぶなんて、できるわけないのわかってるくせにぃ。……あっ）

迷っている優吾に、葉月と凛が同時に抱きついてきた。

「優ちゃん、ママが先よね？」

「優吾、お姉ちゃんが先でしょ？」

やけに薄着な義母と義姉の柔らかな肢体に挟まれた優吾は、この世で最も難しく、最も幸せな問題に頭を悩ませるのだった。


〈終〉

フランス書院文庫

わざと薄《うす》着《ぎ》な義母《かあ》さん

著　者　青橋由高（あおはし・ゆたか）

発行所　株式会社フランス書院

東京都千代田区飯田橋３－３－１　〒102-0072

電話　03-5226-5744（営業）

　　　03-5226-5741（編集）

URL　https://www.france.jp

印刷　誠宏印刷

製本　ナショナル製本

ISBN978-4-8296-4736-3 C0193